ラブオールプレー

風の生まれる場所

小瀬木麻美

ポプラ文庫ピュアフル

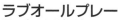

Contents

目　次

誰のために、何のために、いつまで、どこまで、と
いつだって思い悩み、時に打ちのめされてきた。
けれどひとたびコートに立てば、悩みはすべて脱ぎ捨て、
この身に纏うのは自ら生み出す風のみ。
その風をつかみ俺は跳ぶ。互いの信頼をバネにして。
その先にはきっと、俺たちの夢の答えがあるはずだから。

第一章　ラブオール

ひと目惚れだった。

にっこりと微笑《ほほえ》んだ上品な口元、吸い込まれそうな大きな瞳、意志の強そうな形のいい顎、長くなめらかな黒髪。

完璧だ。

賢人《けんと》は、そのすべてから視線を逸《そ》らすことができなかった。

高校受験を控えた三年生の教室が並ぶ三階の廊下には、近隣の私立高校から送られてきている学校案内のポスターが隙間なく貼られている。

賢人は、その中の真新しい一枚のポスターの前で惚《ほう》けていた。

担任の真淵《まぶち》先生が「遊佐《ゆさ》くん？　どうしたの？」と声をかけてくるまで、どれくらいそこで立ち尽くしていたのか、賢人自身にもわからなかった。

まさか、このポスターの女子の笑顔に魂を奪われてしまったのかも、とは言えない。

なんとかうまい言い訳はないかと考えていると、「ああ、横浜湊《よこはまみなと》ね」と、真淵先生は勝手に納得して頷《うなず》いてくれた。

よく見れば、女生徒の笑顔の右下に、大きく横浜湊高校と、学校名が書かれていた。

「ここ、バドミントンも強いのよね。インターハイにも行ってるし」

「えっ？　ああ、はい」

そういえばそうだったな。

「でも、遊佐くんは全国大会で優勝しているんだから、もっとレベルの高い学校に行くんでしょう？」

横浜湊は、文武両道の私立高校で、野球部は甲子園の常連、他の部もインターハイには当たり前に出ている。

もちろん、バドミントン部も、県下では一番の強豪校だったはず。

ただ、全国的に見れば、上位に勝ちあがってくる学校とはまだまだ大きな力の差がある。賢人の知る限り、なんとか県大会を勝ち抜いても、インターハイでは一回戦を突破するのがやっと、というレベルのはずだ。

そういえば、シングルスの個人戦で一人、横浜湊の選手がベスト8には入っていたかもしれない。

けれど、たった一人の力が飛びぬけていても、チームで勝ち上がっていくことはできない。結局、栄光は自分一人で味わうしかない。

俺がそうだったように。

でもな、団体戦で優勝、って憧れるんだよな。

ああいうなんかがむしゃらな熱量にたっぷりひたってみたいな、と中学の最後の全国大会で、団体戦を優勝したチームを見て思ったりもした。

それになんといっても、体育会高校生の夢の舞台と言えば、インターハイ。そして、『インターハイ三冠』は、俺にこそふさわしいタイトルじゃないか。

だとすれば、やはり全国レベルの強豪校に進むほうがいいのだろうか。

中学の全国大会、シングルスで頂点に立っている賢人には、ここ数年インターハイを連覇している埼玉《さいたま》ふたば学園やその他の全国区の名だたる強豪校から、すでにたくさんのスカウトが来ていた。どこに進学するかはまだ決めていない。しかし、横浜湊はその候補にもあがっていなかった。

順当に考えれば、第一候補は埼玉ふたば学園だろう。

埼玉ふたばは、ゆるぎのない王者だ。練習環境も整っていて、コーチ陣も一流だ。チームを率いる監督も人格者として有名で、これ以上の進学先はないだろう。

幼い頃から賢人のコーチである父も、自分の母校でもある埼玉ふたば学園を、あからさまではないにしても、それとなく薦めていた。

ただ、賢人自身は、できれば自宅から通学可能な学校がいいと思っていた。寮生活や下宿までしてバドミントンのために進学するのは、自分の性には合わないと思っている。

少々潔癖症の自分が、部活だけならまだしも、それ以外の時間も汗まみれの男たちと寮生活を共にできるのかかなり不安でもある。バドミントン以外のことで神経を煩《わずら》わせるのは嫌だ。すごく嫌だ。

横浜湊か。……それもありだな。家からだってとても近い。

それに何よりあそこには、この女子がいるのだから。

いや、ちょっと待て。だけどこの女子は、もしかしたらポスターのために雇われたモデルなのかもしれない。こんなきれいな女子高生が、ふつうに制服を着て通学をしている日常はちょっと想像しにくい。ここはもう少し調べてから慎重に決めたほうがいいかも。

「進学先はまだ決めてないです。色々考えたいから」

賢人は、もう一度未練がましくポスターの女子と視線を合わせてから、そう答えた。

「そうよね。あなたは特別だから、かえって悩むかもね」

真淵先生は大きく頷くと、少し小走りに教室に入っていった。賢人もあわててその後に続いた。

賢人は家に戻り夕食を済ませると、なるべくさりげない様子で自室に戻り、すぐに自分のノートパソコンの電源を入れる。

インターネットで、横浜湊、ポスター、美少女と、適当なキーワードを入れて検索ボタンをクリックした。思っていたよりずっと簡単に、あの女子の情報は手に入った。

モデルではなく横浜湊の特別進学コースの二年に在学中で、名前まではわからなかったけれど、イニシャルはR・M。

便利で、怖《おそ》ろしい世の中だ。

自分でネットを利用したことはすっかり棚に上げ、こんなに簡単に個人情報がわかってしまうなんてどうかしている、と賢人は画面に向かって大きなため息をついた。

やはり自分は横浜湊に行くべきだ。行って、近くでこの人を守ろう。

となると横浜湊に入学するだけではだめだ。なんとしても彼女と同じ特別進学コースに入り込まなければ。あんなマンモス校の二つ上の先輩でコースまで違ってしまったら、お近づきになるチャンスにはなかなか恵まれない。

賢人は、今度は横浜湊の特別進学コースをネットで検索する。

偏差値68。部活三昧の賢人にはなかなか手強《てごわ》い相手だ。入学試験の科目は英数国。その三教科ですべて九割を上回る点数をとれば、特別進学コースに入れる条件は揃《そろ》うらしい。

次に過去問を検索する。

賢人はウーンとうなり声をあげる。中学校の定期試験で、集中力を武器に点数を稼ぐのとは次元が違うレベルだった。英数はなんとかなるにしても、やや苦手の国語は少々やばそうだ。

夏休みが勝負だな。

バドミントンの練習の質と量は落とせない。その上でかなりの勉強時間を確保する必要がある。となると、協力者も必要だ。埼玉ふたばに進学すると思い込んでいる父には、ぎりぎりまで本心をあかすわけにはいかない。ここは息子に激甘の母に頼むしか道はないか。

賢人は、パソコンの電源を落とすと、キッチンで夕食の後片付けをしている母に話をするため、階段を下りて行った。

母はちょうど片付けを終えた様子で、賢人の顔を見ると、「あらどうしたの？」と声をかけてくれる。

「なんか飲み物が欲しくて」

そう言うと賢人は、冷蔵庫を物色し始める。

「夜遅いから、麦茶にしておきなさい」

母はそう言うと、グラスを食器棚から取り出して賢人に手渡してくれた。

「話があるんじゃないの？」

「え、なんで？」

「ありそうな顔をしてるから」

まったく、母に隠しごとが出来たためしはない。

まるで賢人の顔に文字が書いてあるように、母はいつも賢人の想《おも》いを言い当てる。母を相手にするときは、嘘《うそ》をつかずに、ほどほどに本心をさらけだすのが一番いい。

バドミントンは大好きだけれど、自宅を離れるのは気がすすまない。バドミントンのためだけに学校を決めて進学することにも違和感を覚える。もう少し、勉強も頑張ってみたい。

賢人は、本命の理由だけを隠し、嘘をできるだけ避けながら母親に泣きついてみる。

「わかった。でも、今のあなたの実力ではあそこの特進は厳しいかもしれないわよ。進学コースにすれば？　そちらだって結構な難関よ」

母はあまり驚いた様子も見せず、そう言った。

「目標は高く持ちたいんだ。バドも勉強もできるだけ上を狙いたい」

「お父さんはきっと反対するわ。学力をつけることはもちろん、他にも説得できる材料を揃えなきゃいけない。それまでお父さんには疑いをもたれないよう、今までと同じように練習をこなしていくなんて、相当大変よ」

「わかってる。でもやる。だから手助けして」

もともと遠方への進学にはあまり賛成していなかった母は、「どうやら本気みたいね。それなら応援するわ」と言ってくれた。

父には内緒で個人塾での夏期講習や家庭教師を手配し、横浜湊の資料も色々集めてくれた。練習と勉強で手一杯の賢人に代わり、時間を作って横浜湊の学校説明会にも行ってきてくれた。

賢人は、母との約束どおり、というか自らの固い決意を実現するために、バドミントンも勉強も一切妥協せず、涼しい顔を装いながら、周囲の誰よりも必死の夏休みを送った。

ある程度まで学力が向上したとき、賢人は勉強自体に楽しみを見出《みいだ》せるようになってきた。より上を目指して視野を広げると、勉強にも深みと広さが見えてきたからだ。

なんだ、勉強もバドミントンと同じなのか、と感じた瞬間、賢人はとても嬉《うれ》しくなり、さらにやる気が出てきた。

夏休みが終わり、学校が始まった。

九月になると、それとなく誘いのあった高校から正式な勧誘が相次いだ。けれど、横浜湊高校からの誘いはなかった。がっかりしなかったといえば嘘になる。インターハイでの実績がほとんどない学校が誘える選手ではない、と横浜湊の監督が端《はな》から諦めていたことなど、その時の賢人が知るはずもなかった。

「賢人、進学のことだが、そろそろ考えをまとめなければいけない時期だ」

父が夕食後、声をかけてきた。

「はい」

今日か明日かと思っていた賢人は、いよいよだなと背筋を伸ばす。

「進学するのは賢人だ。まずお前の考えを聞こうと思う」

母が温かい紅茶を三人分淹《い》れて、同じテーブルについた。そして、賢人を見て微笑みながら、小さく頷いてくれる。心強いことこの上ない。

「僕は、横浜湊高校に進学したいと思っています」

賢人の意外な言葉に、父は目を見張りしばらく黙ったままだった。そして、ようやく少しかすれた声でこう言った。

「横浜湊からは勧誘は来ていないこと、わかっているのか」

はい、と賢人は頷く。

「一般入試で入学するつもりだから」

「横浜湊は県下有数の進学校だぞ。バドミントンに全力投球してきたお前に入れるはずがないだろ」

父のその言葉を待っていたように、母が口を挟む。

「あなた、賢人の成績や学力、ちゃんと知っているんですか？」

母の表情は柔和だったけれど、声は厳しい。

「いや、なんとなく。具体的にはどうかな」

父はあきらかに動揺していた。

日ごろは控えめでもの静かな母が、実は家では一番芯の強い人間だと、父も賢人もよく知っている。

父は、困った顔で助けを求めるように賢人を見る。が、賢人は父から視線を逸らす。大切な援護射撃をしてくれている母に、余計な茶々は入れたくない。ここは母に任せるのが一番だ。

母は、賢人の成績表と夏休みに賢人が受けた模擬試験の結果を父の目の前に広げる。

「この成績なら、横浜湊の特別進学コースにも入れる可能性は十分にあります。この子は、バドミントンだけじゃなく勉強もちゃんと頑張ってますから」

父は母に謝罪するように頭を下げてから小さく咳払《せきばら》いをして、さっき視線を逸らした賢人を、今度は逃がさないぞというように見つめる。

「お前の成績に問題はないのかもしれん。だが、バドミントンを続けるつもりなら、今よりもっと上を目指すのなら、埼玉ふたばか、関東山城《やましろ》あたりがいいんじゃないか？」

　母と賢人の予想通りの父の応えだった。

「横浜湊は、賢人のバドミントンには相応《ふさわ》しくない環境ということですか？」

　父は、話が得意分野に入り少し威厳を取り戻したように、ゆっくりと頷く。

「あそこは神奈川では一番の強豪校だが、全国レベルで見れば、まだまだだ」

　そんなことはわかっている。知った上でのチャレンジなのだから。

「あなたが埼玉ふたばにいた頃、埼玉ふたばは県の代表でもありませんでした。でも、あなたはインターハイで優勝しましたよね」

「そりゃあそうだが、監督の大沢《おおさわ》先生は優れた指導者だったし、他にも優秀な切磋《せっさ》琢磨《たくま》できる仲間もいた。埼玉は県のレベルが高いから団体では代表になれなかったけれど、自分たちの代は礎《いしずえ》を築くことができた。そして今では王者として最高の環境を整えている」

　確かに、埼玉のバドミントンのレベルは飛びぬけて高い。二番手、三番手の学校でも、全国レベルではトップクラスだ。

「賢人では、礎になれないということ？」

「そうじゃない。親の贔屓《ひいき》目《め》はあるにしても、賢人はこれからの日本のバドミントン界を引っ張っていく人間だ。最良の環境で最高のバドミントンをやって欲しいと願うのは当然のことだろう？　何も、好き好んで横浜湊の礎にならなくても、日本の礎になればいいということだ」

「敷かれたレールに乗るより自ら道を切り開いていく人間になれって、あなた、ご自分のチームにはいつもおっしゃっているのに。自分の息子は別だということかしら」

父は、日本代表選手も何人か抱える実業団のバドミントン部の監督をしている。しかしそのチームは古豪の名門というわけではない。父が監督に就任してから、自らの手で作り上げてきたまだ新しいチームだ。

指導者として痛いところをつかれ、父は黙り込む。

「とりあえず、賢人と一緒に横浜湊をごらんになってきたらどうかしら？　自分で見もしないで、環境が悪いなんておかしいでしょう？　それからまた賢人と相談されたらいかがですか？」

母の一言で、この日の話し合いは、結局、持ち越しとなった。

横浜湊の学校見学は、父の仕事の都合に合わせてなるべく早い時期にと約束はしたけれど、それほど乗り気でもない父は、のらりくらりとその日を延ばしていた。

ところがどういうわけか、「賢人さえよければ来週にでも、横浜湊に行ってみるか」と父のほうから急に切り出してきた。賢人は首を捻《ひね》ったが、断る理由もない。すぐに父の提案に同意する。

「父さん、急にどうしたんだろう？」

母にこっそり尋ねてみた。母はクスッと笑ってから、こう教えてくれた。

「昨日、県のバドミントン関係者の集まりがあって、そこで横浜湊の監督さんに会ったらしいの。どうも気に入ったみたいなのよね。監督さんのこと」

というわけで、賢人は父と一緒に、翌週には横浜湊に学校見学、というよりバドミントン部見学に出向くことになった。学校には、通常の進学希望者としての見学手続きをとり、部活も見学したいと知らせてあった。

学校の案内を担当してくれた先生は、丁寧に校舎を案内しながら学校の設備や教育方針を説明してくれた。ただ父は、広すぎる校舎を行ったり来たりするうちに、せっかくの説明に頷くことさえ億劫《おっくう》なのか、だんだん不機嫌になってきた。

しかし賢人は、とてもワクワクしながら真剣にその説明を聞いた。校舎や施設は、共学化を機に大幅にリニューアルしたらしく、どこもとても洒落《しゃれ》ていてしかも居心地のいい空間になっている。ここで、あの人とランチを食べたり、勉強を教えてもらったりしたら、どんなに素敵だろうか、と妄想を膨らませながら歩く賢人の足取りは軽い。

ようやくいくつかの校舎をめぐり、元の事務室のある場所まで戻ってきた。

「部活は、どちらを見学されますか？　うちは文武両道がモットーですから、全国レベルの部活もたくさんありますが」と、案内役の先生は、誇らしげに尋ねてくれた。

「バドミントン部を」

やっと、父が機嫌のいい声を出す。

「バドミントン部もここ数年はインターハイの常連ですよ。監督の海老原《えびはら》先生がとにかく熱心で、あの人が就任してからめきめき強くなりましたから」

「そうですか」

「今日は、木曜日だから第二体育館で練習しているはずですね。ではそちらに案内しましょう」

いったん校舎を出て体育館に向かった。驚いたことに、途中の渡り廊下に続く壁には、あの彼女のポスターが何枚も貼ってある。賢人の中学校には一枚だけだったけれど、表情やポーズの違うもの、他の生徒と一緒に写っているものなど、四種類のポスターが交互に並んでいる。

それを横目で見るだけで、賢人は心臓が破れそうなほどドキドキした。もし父と先生がいなければ、賢人は何時間でもその笑顔を見つめていたかった。

ちょうどその時、「こんにちは」と、透きとおるような声がポスターから聞こえてきたと思ったら、そこから抜け出たように、まさに本人が賢人たちのすぐ目の前に立っていた。

「水嶋《みずしま》、こちら、入学希望の生徒さんだ。特別進学コースを希望されている。もし入学されたら、よろしく頼むな」

ハイと丁寧に頭を下げた彼女の黒髪が揺れる。この人は水嶋というのか、賢人は顔を赤らめる。

「この子は特別進学コースで、入学以来ずっと首席なんですよ。ほら、うちの看板です」

先生はポスターを指差す。

父はあらためてポスターに視線をやり、それから本物の彼女を驚いたように見つめた。

「では、行きましょう」

先生の声に促されるように、賢人は、彼女にもう一度軽く頭を下げてからその後に続く。微笑んだ彼女のうなじの辺りから、とてもいい香りが漂ってきたように感じたのは、舞い上がった賢人の気のせいなのだろうか。


それは、小さな古い体育館だった。

それまで、リニューアルされた施設を中心に見学してきたからなのか、よけいにその古さが印象的だった。

けれど、古かろうが小さかろうが、そんなことは関係なく、すぐに賢人の気持ちは昂《たかぶ》ってくる。体育館には、バドミントン部の部員たちの掛け声と汗、キュッキュというシューズの音が充満していた。そういった慣れ親しんだ音と匂いのせいで体がムズムズしてしかたない。

「海老原先生、よろしいですか？」

案内役の先生が、体育館の反対側の隅から部員に静かな眼差《まなざ》しを向けていた中年男性に、叫ぶように声をかけた。声に気がついたのか、その人は小走りに賢人たちに向かってやって来た。

「こちら入学希望者の方なんですが、バドミントン部の見学を希望されていて、少しの間練習を見せていただいてよろしいでしょうか？」

案内の先生の言葉に、海老原先生は何度か頷きながら賢人と父を見た。そして、すぐに驚いた表情になる。

「遊佐さんじゃないですか。先日は色々ご指導いただきありがとうございました。見学というと、もしかして？」

「息子の賢人です。今日は一緒にこちらの練習を見せていただきに来ました」

「遊佐賢人くんですか。いやあ、まいったなあ」

海老原先生は、今度は少し困った顔になった。

「海老原先生、ご存じなんですか？」

案内役の先生が、怪訝《けげん》な表情でそう尋ねる。

「日本中のバドミントン関係者が、こちらの遊佐さんと、ご子息の彼のことを知っていますよ」

海老原先生は、大きなため息を一つついた。それからこう続ける。

「彼は二年連続の全国中学校大会の覇者ですから。それにお父様も全日本で何度も優勝されていて、オリンピックの元代表選手です」

「えっ」

案内役の先生が、とても気まずそうな顔をする。

「全然存じ上げないで、失礼しました」

「いえ、通常の一般入学希望者として見学に来ていますから」

父はそう言ったが、どこか憮然《ぶぜん》とした表情だ。父が特別扱いされたかったとは思わないが、それなら誤解をされないよう、もう少しにこやかにしてもらいたいものだ。

「じゃあ、私はここで失礼します。後は海老原先生におまかせして」

案内役の先生は、父のそんな態度のせいか、急にソワソワし出し、逃げ出すように体育館を後にして行ってしまった。

「見学だけでいいですか？　それとも一緒に練習されますか？」

海老原先生は、父と賢人を交互に見て、そう尋ねる。

「今日は見学だけで、道具も何も持参していないので」

父が答える。

「ユニフォームやラケットならお貸ししますよ」

体育館用に履き替えた賢人のバド用のシューズをチラッと見て、海老原先生がそう言った。

「貸してもらえるのなら、一緒に練習したいです」

賢人は興奮気味に答える。

体育館に着いてから、シャトルを打つ音やステップを踏む音、そういった部員たちの熱気に煽《あお》られ、賢人は自分もすでにチームの一員になったように感じていた。

父は仕方ないなというように、苦笑いを浮かべる。しかし、反対はしない。ここでどんなふうに賢人がプレーをするのか、それを周囲がどんな目で見るのか、そういったことを確認したいのかもしれない。

「どうぞ。もう一人、中学生が来ていますよ。ほら、あそこの緑のユニフォームの、今ノックを受けている子です。南桜丘《みなみさくらがおか》中の横川祐介《よこかわゆうすけ》くんです」

賢人は首を傾《かし》げた。南桜丘中学とは何度か対戦したけれど、まったく心当たりがない。賢人にとっては少々物足りない実績の横浜湊であっても、仮にも県では一番の実力校だ。いくらなんでも試合に出場機会もない選手を引っ張ってくることは、考えにくいことだった。

「実はお家《うち》の都合で、つい最近こちらに転校してきたばかりなんです。それまではずっと北海道でプレーしていた子です」

「北海道、横川、ああ、旭川《あさひかわ》の子ですね」

父の言葉で賢人も思い出した。旭川二中の横川か。

「確か、最後の大会で、ベスト8に入っていましたね」

「そうです。その子です」

直接対戦したことはなかったけれど、なんとなくその名前には覚えがある。

賢人は、先輩から予備のユニフォームとラケットを借り、早速練習に参加させてもらった。賢人が自分の名前を口にすると、チーム全体が一瞬ざわついたけれど、海老原先生の視線一つで、すぐにまた元の引き締まった空気に戻る。

少しの間、別メニューで体をほぐした。海老原先生に声をかけられた横川は、嫌な顔もせず、もう一度ストレッチから賢人につきあってくれた。基礎打ちも二人でやった。

体の準備ができると、ちょうどダブルスのゲーム練習になったので、二人は揃って同じコートに入る。

幼い頃からラケットを振っていた賢人は、体格にも恵まれ、中学ではシングルスに専念していたが、小学生の頃には三つ年上の上級生と組んでダブルスで全国大会準優勝をした経験もある。

とはいえ、久しぶりのダブルスのコートに緊張がなかったといえば嘘になる。それでも、すぐにその緊張はほぐれた。初めてペアを組んだとは思えないほど、横川とのダブルスは賢人にとって心地がいいものだったからだ。

横川のステップを刻むリズムは賢人のリズムによく調和し、どちらかといえば、わがままで自己主張の強い賢人のバドミントンを上手にリードしながら、最高のタイミングで賢人に攻撃のチャンスを与えてくれる。

驚いたことに、二人は、何組もの先輩ペアを倒していった。最後に決めたのはほとんど賢人だったけれど、その点を演出したのは間違いなく横川だった。しかも失点のほとんどは賢人のミス。横川はダブルスではどちらかと言えば守備的なバドミントンをしていたが、それはいつでも攻撃に転じられる超攻撃的守備だった。それにもかかわらず、横川にはほとんどミスがない。

今までに出会ったことのない心強さを、賢人は横川に感じる。

ダブルスでも頂点を狙えるかもしれない。もし、横川とずっと一緒に組むことができたなら。

ここでやりたい。横川とバドミントンをやりたい。

体中が興奮に包まれる。

さすがにその年の県の優勝ペアには勝てなかった。けれど、ある程度見応えのあるラリーは続けられ、追い込むことはできた。周囲からは、二人の動きに視線が集中し歓声があがっていた。

その後、シングルスのゲームもこなした。

シングルスでもダブルスと同じように、県の優勝者以外には、賢人は負けなかった。ただ、誰にも圧勝はできなかった。

横川とも対戦した。想像以上に粘り強く、しかもダブルスとは違ってパワープレーの多い攻撃的な試合運びだった。それをなんとか、僅差《きんさ》でしのいだ。

練習を終えた賢人に、ユニフォームとラケットを貸してくれた先輩が歩み寄ってきた。

そして、よく冷えたスポーツドリンクのペットボトルを賢人に差し出してくれた。

賢人がダブルスでもシングルスでも勝てなかったのは、その人だった。

「すみません。何も用意していなくて」

「いいんだ。遊佐くんと打てただけで嬉しかった。ここに来てくれるのならもっと嬉しいけど」

「まだ、わからないです」

「そうだよね。うちじゃ、君には物足りないかもしれない。でも、ここは君が思っている以上にいいチームだよ」

「はい」

「また一緒に練習できること、楽しみに待ってるよ。俺、ここの元部長で、菱川《ひしかわ》です」

この菱川さんが、チームの中心として横浜湊をインターハイに連れて行った人だ。

他の人たちも、賢人が思っていた以上のレベルの高さだった。けれどそれでも、チームとしてインターハイのトーナメントを上位まで勝ちあがっていくのは厳しかったのだろう。直前のインターハイ、団体戦は三回戦で敗退していた。菱川さんは、前年より順位を上げ、ベスト4に輝いていたけれど。

その菱川さんが卒業してチームを抜ける。けれど、代わりに賢人と横川が入ったら？もっと上に行けるのでは？

ここには、もう、父の言っていた礎はすでにある。賢人はそう感じた。

このチームに、中学から全国的に有名な選手は、菱川さん以外、賢人の見た限り一人もいない。

全国的にほとんど無名に近い選手ばかりを集めて、横浜湊をここまで強いチームに育ててきたのは、あの人なのか。

賢人は、中学の制服に着替えてから、改めて海老原先生の姿を見る。

どちらかといえば思慮深く静かなイメージが強い人だ。練習中も声を張り上げたり檄《げき》をとばしたりという姿はなかった。物静かに見守り、要所でそれぞれに小声で話しかける、そんなスタンスが見て取れた。

一方、選手の監督への厚い信頼もしっかり感じることができた。選手たちは常に監督の視線を意識し、練習の目的や効果を一緒に共有しているようだった。

賢人はすでにここへの進学を決めていたが、練習に参加して、いっそうその想いは強くなった。

練習中、彼女の笑顔のことは一切考えなかった。当たり前かもしれないが、横浜湊への想いの大半が彼女への憧れに占められていたことを考えれば、不思議なほど、その時間、賢人はバドミントンに熱中していた。

賢人は、海老原先生の隣にいる父を見た。父は、上機嫌な表情で海老原先生と談笑している。

「お疲れさま」

横川が着替えを終え、賢人の脇をすり抜けようとした。

「横川くんは、ここへ来るんだよね」

その背中に声をかけると、横川は立ち止まって振り返った。

「ああ。もうスポーツ推薦をもらっているよ。遊佐くんは？」

「俺はそのつもりだけど、入試次第だから」

うな声を出す。


「推薦もらってないの？」

賢人が黙っていると、「マジ？　それなのにここへ来るつもり？」と横川はあきれたよ
「あの人さえ、納得してくれたらね」

「お父さん？　確か元オリンピック選手だよね」

「ああ」

「もっと強い学校へ行けって？」

「あの人、埼玉ふたばの出身だから」

「ああ」

道は相当険しそうだなと、顔をしかめるように横川は頷く。

「まあ、頑張って。色々」

賢人も頷く。

こいつの話し方も好きだ。馴《な》れ馴れしくもないし、変に持ち上げたりもしない。

同い年の友人同士なら当たり前のことだけど、幼い頃から大人といる時間の方が長く、小学校からずっとスーパースターの地位に君臨している賢人に、そういう態度で接してくれる友人は少ない。

いや、はっきり言って、教室でも体育館でも、賢人はいつだって孤独だった。そして、その孤独に賢人は慣れきっていた。

「きっと、ここへ来るよ」

賢人はそう言って、横川に軽く右手を上げた。

きれいに整えられた人工芝のグラウンドを眺めながら、来客用の駐車場まで、賢人は父の背中を見ながら歩く。

父は黙ったまま、車に乗り込む。賢人も何も言わず助手席に座る。

車に乗り込んでからも父は無言だった。二十分ほどで自宅に着いた。自宅の駐車スペースに車を止めると、父は、車のキーを抜きながら「近いな」と呟《つぶや》いた。そして、車のドアを閉めさっさと玄関に向かって行く。賢人は小走りにその背中を追いかけた。

「おかえりなさい」

母が玄関で出迎えてくれた。母の目は、どうだった？　と、賢人に尋ねていた。

まあまあかな、と賢人は頷く。

「何か飲む？」

母はすぐに父の背中を追いかけそう尋ねる。とりあえず三人でテーブルを囲む作戦だな、と賢人は思った。

「ああ、冷たいものがいいな、何がある？」

声から判断すると、父の機嫌は悪くないようだ。ずっと黙っていたので、心配だったけれど。

「コーヒーか麦茶」

「アイスコーヒー、もらおうかな」

「賢人は？」

「僕もアイスコーヒー、牛乳たっぷりね」

母は、すぐ冷たい飲み物を用意してくれた。

父と母が並んで座り、賢人は父の正面に座る。とりあえず、それぞれに一口冷えた飲み物を口にする。コップをテーブルに戻してから、賢人は父の口元を見つめ、母は父の隣で穏やかに微笑んでいる。

父が、おもむろに本題に入った。

「横浜湊の練習はどうだった？」

「いい感じだった」

ここは、素直に感じたままを答える。

父は腕を組みながら、ふんふんと頷いた。けれどすぐに、厳しい口調でこう尋ねた。

「どういうところが？　具体的に説明してごらん」

思っていた以上に部員のレベルは高く、すでに勝ち上がっていく基礎は出来ているチームだということ。他の、現在上位にいる学校ほど簡単ではないにしても、自分と同じように、シングルスもダブルスもこなせる横川が入ることで、頂点に立てる可能性があると感じたこと。海老原先生と部員との信頼関係がとても良かったこと。それに何より、横川とのダブルスが、刺激的で驚くほど心地のいいものだったということ。

賢人は、少し興奮しながら言葉をつないだ。

段取りよく話せたわけではない。同じ話を繰り返したり、言葉を探してつまったりもした。けれど、あの場所で感じたすべてを父に伝えることは出来たと思った。

「横川くん、確かにあの子はいいな」

父も横川のことは、手放しで褒める。

「特にダブルス。即席のペアなのに、とても見応えがあった。もし一緒に組めばインターハイで優勝するのも夢じゃないかもしれない」

ダブルスで賢人が露呈する欠点を横川がどれほどうまくカバーしていたかを、父もよく見ていて、首を傾げる母にわかりやすく説明していた。

「賢人は根っからのシングルスプレーヤーだから、ダブルスになっても、まったく自分のバドミントンを変えない。無謀な攻撃にも出る。だからパートナーになる子は、通常よりかなり守備の負担が大きくなる。あの横川という子は、その守備範囲を効率的に的確に把握するんだ。しかも攻撃の意識も高く、その上ミスが少ない」

「それだけ聞いていると、賢人より強そうね」

「ダブルスに限定すれば、賢人よりずっと上手《うま》い。別のちょっとした選手と組まれたら勝つのは難しい相手だ。敵には回したくないな」

「あなたがそんなに褒めるなんて珍しいわね」

母の言葉に、父がニヤッと笑う。

「それに、あの子はここがいいんだ」

父は、自分の胸を拳《こぶし》で二度叩《たた》いた。

「肝が据わっていて落ち着きがある。大きな大会に臨めば、そういうのが一番の武器になるから」

父は、賢人をチラッと見る。

いつも大口を叩くけれど、それは賢人が精神的に強くないことの裏返しであることを、父はちゃんと知っているからだろう。

群を抜いた才能と環境に恵まれ、天才、プリンス、カリスマ、と賢人は物心ついた頃からずっと周囲に持ち上げられてきた。

もちろん、賢人も自分が恵まれていることはわかっている。

父からは並外れた運動神経とバドミントンに専念できる環境を与えてもらい、ミスキャンパスの称号を持つ母からは、美貌とバランスのいい身体《からだ》を受け継いでいる。

勉強だってそう苦労はしなかった。鍛えられた集中力のおかげで、短時間で成果をあげられたからだ。

しかし、賢人は努力も怠らなかった。質量ともに、周りの誰よりも厳しい練習に耐えてきたという自負もある。苦しくても辛《つら》くても、怪我やスランプに心身をやられている時でさえ、コートの中で弱音を吐いたことはない。

陰に隠れて見えない部分で努力を重ねることと、自らを鼓舞するための大口で、賢人は頂点に立ち続けることのプレッシャーに今までなんとか耐えてきていた。

今の場所から、滑り落ちることへの恐怖は大きい。

実際、右膝の怪我で初めての挫折を味わった時は、そこから抜け出すために多くの時間と努力が必要だった。

怪我自体は、幸いにも、後に大きなダメージを与えるものではなかった。けれど、怪我がもたらした練習のできない時間は、賢人の精神を想像以上に蝕《むしば》み追いつめた。

練習の苦しさにはいくらでも耐えられるのに、練習ができないあせりに耐えることが、これほど苦痛と恐怖を伴うものだとは思わなかった。その時賢人は、自分の心の弱さを初めて知った。

それでも、それでもだ。賢人はコートで弱音を吐くことも、悔し涙を流すこともなかった。

コートで、色々な意味で孤独であることが、賢人の矜持《きょうじ》を支え自らの弱さを隠し続ける手段となっていたのかもしれない。そんな賢人が初めて感じた、相棒という存在。

こいつなら、こいつとなら。

「二人のダブルスを見て、海老原先生も、これは物凄《ものすご》いものを見つけたかもしれませんと目を輝かせていらした」

賢人は大きく頷く。

「それからこうもおっしゃった」

何？　と尋ねるように、賢人は父の目を見てから、視線を口元に移す。

「賢人くんは、わずかに右足をかばっていますねと」

「えっ」

「もう問題はないと、私は思っていた」

父の言葉に賢人も頷く。

「痛みはまったくないんだけど」

だけど、今日、ほんのわずかな違和感を覚えていたのは事実だ。それは痛みではなく、かすかな恐怖に似た感触。

海老原先生は、賢人のその違和感に、あのわずかな時間で気がついたということか。

「心というのは難しいものです。昨日は大丈夫でも今日はそうじゃない。今、彼は少し緊張して、心のバランスを崩しているんでしょう。それで無意識に痛めた右足をかばっているのだと思います」と、海老原先生は父に言ったそうだ。

さらに、父の問いかけるような視線に、海老原先生はこう答えた。

「恐怖心をなくすことは難しい。それならかばっても壊れない体をつくるしかありません。心の弱さもカバーできる体をつくる。結局はそれが心を宥《なだ》めます」

最後の最後はフィジカルがものをいう。それは父も賢人も実感していた。

海老原先生は、横浜湊ではバドミントン部はまだ伝統がなく、バド部の推薦枠は、横川ともう一人声をかけている選手で埋まっていることを、父に伝えたそうだ。

その選手からまだ返事はもらっていないが、どれほど遊佐くんに来てもらいたくても、そちらを勝手に反古《ほご》にするわけにはいかない。バドミントン部の監督である前に、横浜湊の教員として、それはできないのだと、父に深く頭を下げたそうだ。

「信頼できる人だとも思った」

「じゃあ、横浜湊も選択の一つとして、考えてもいいんですね」

母が、ようやく口をはさんだ。

父は、あっさりと頷く。

「あそこにお前が入れば、最後の年には、一番を狙えるかもしれんな」

「最後の年？」

「賢人だけ、あるいは横川くんとのダブルスなら、もっと早く頂点に立てる可能性もあるだろうが、チームで勝ち抜くにはコマが足りない。賢人を目指して入ってくる次の年の生徒が鍵になると思うよ。それ次第では優勝も狙えるかもしれない。だけど、埼玉ふたばの壁は厚くて高いぞ」

埼玉ふたばでは、いくら強くても三年生になるまで団体メンバーには入れない。もちろん稀《まれ》に例外はあるらしいが。それでも勝ち続けることができる層の厚さがあるということだ。

「だけど、他の学校もちゃんと一緒に見て回ろう。近いから、家を出たくないから、そんな理由だけではよしとは言えない」

賢人は神妙に頷く。

心の中では、見たもの聞いたものすべてを糧《かて》に、必ず横浜湊で頂点に立つ、そう決心していたけれど。

賢人は、近い将来、頂点に立ちガッツポーズを繰り出す自分を想像する。その自分に、にっこり微笑む彼女の姿も、もちろん同じイメージの中に盛りこんでおく。

とてもいい気分だ。

父が席を立ってから、母が賢人にこう話しかけた。

「よかったわね。こうなると思ってたけどね」

「なんで?」

「お父さんは、賢人のように最初から恵まれた環境にいたわけじゃないのよ。お父さんを頂点に導いてくれたのは、大事な節目で出会った先生や仲間なの。それをよく知っている人だから、海老原先生に会えば気持ちは変わると思っていた」

学校説明会で海老原先生を先に見ていた母には、今日の父の答えは想定内の出来事だったらしい。

「で、賢人は、どうしてそんなに横浜湊にこだわるの?」

「家から近い、一番強い学校だからだけど」

本心を悟られないように、なるべく間をあけずにそう答える。

母は、賢人の顔色を確かめるようにじっと見つめた後で、フフッと笑う。

私まで、お父さんと同じように騙《だま》せると思ったら大間違い、そんな笑いだった。

「男が何かに必死になるきっかけは、たいてい、お金か名誉か、女の子。あなたにはお金も名誉も必要ないから、残るは一つね」

賢人は黙っていた。ここで何か言葉を発すれば事態はさらに悪化する。それだけはわかっていた。

「横浜湊の学校のパンフレット、見た？」

そういえば今日、父が横浜湊の校章が印刷された紙袋を、案内役の先生から受け取っていた。あの中に入っているのだろうが、まだ見てもいない。賢人は首を横に振る。

母は、それは好都合と言って、席を立つ。

何が好都合？　よくわからないけれど、まずい展開になってきたことはわかった。戻ってきた母の笑顔を見て、背中に確信的な寒気が走る。

母は、賢人にパンフレットを裏向きに差し出した。それをこわごわ受け取った賢人は、母の視線に促され、自分でそれを表に返す。

うかつだった。予想出来たはずだった。

そこにはあの彼女がいた。パンフレットには、賢人の中学の廊下に貼ってあったポスターと同じ写真が使われていた。当然といえば当然だった。

不意をつかれたせいで、賢人は、自分の顔が赤らんでいくことをとめられなかった。

「この子、美人よね。ただ綺麗《きれい》なだけじゃなくて、この凛《りん》とした眼差しがいいわよね。横浜湊の中にもポスターがたくさん貼ってあったでしょう？　見た？」

「どうかな？　見たかもしれない」

「中学の廊下にも、貼ってあったわね」

「どうだったかな」

無駄とは知りつつ、とぼけてみる。

「あら、おかしいわね。真淵先生は、賢人がずいぶん熱心に横浜湊のポスターを眺めていたっておっしゃってたけど」

「色んな学校のポスターを見ていただけだと思うけど」

賢人のごまかしともいえない言い訳を、母は笑って聞いていた。

そして、それ以上何も言わなかった。完全に掌《てのひら》の上で転がされているのだと、賢人が自覚したことがわかったのだろう。

「まあ、とにかく頑張って。勉強もバドミントンも、他の何かもね。欲張ったっていいのよ。思春期っていうのはそういう無謀さが売りなんだから」

息子をそばに置いておきたいという母の気持ちを利用して、少し申し訳なく思っていたことを、賢人は逆にむなしく感じる。

この母を利用するなど百年早いということを、もっとしっかり自覚するべきだろう。

「頑張るよ。何もかも」

悔しそうにそう言った賢人に、母は満足そうな笑みをまた浮かべた。


秋が終わる頃には、横浜湊に進学することを家族一致で決定した。

正直、勧誘してくれた学校はどこも素晴らしい環境だった。強いだけあって、指導者もそれぞれに個性的で魅力的だった。けれど、それでも賢人は、海老原先生に感じた信頼感以上のものを他の誰にも感じることは出来なかった。そして、そのことは、賢人をとても安心させてくれた。正々堂々と横浜湊を選ぶ理由になるからだ。

海老原先生には、父と二人でもう一度挨拶に行った。

「お預けすると決めた限りは、余計な口出しはしません。先生のやりかたで、この子を強くして下さい」

言葉のわりには、結構偉そうな上から目線の父の態度に、賢人はハラハラした。けれど、海老原先生は父に深く丁寧にお辞儀をしてから、こう応えた。

「ここへ来てくれた子どもたちに対しては、私の責任において、できる限りのサポートをします。けれど、一人一人に目を行き届かせるには限界があります。ですから、助言も相談も、大歓迎です。不平不満や批判であっても大助かりです」

遊佐くんだけを特別扱いにはしない。結果の責任はすべて自分が負う。そして、どんな意見にも傾ける耳は持っている。海老原先生はそう言ったのだと、賢人は感じた。

先生は、一般入試で受験する賢人のために保険も用意してくれた。賢人は進学コースへの通常推薦の内申基準を満たしているので、試験の結果が特別進学コースに届かない場合でも、進学コースには入学できる書類を調えてくれた。実は、入学後にコースの移動が可能なことも教えてもらって、これで、賢人の精神的負担はずいぶん軽くなった。

自宅から近いとは言っても、勉強との兼ね合いもあり、賢人は、週に二度横浜湊の練習に参加した。

横川は、中学三年になって北海道から転校してきたこともあり、自分の通う中学では練習に参加しづらいようで、ほとんど毎日、横浜湊の練習に参加していた。そして練習の合間には、自習室を借り勉強もしていた。

「スポーツ推薦だろ？　試験を受けなくていいのに熱心だね」

「ここは進学校だから、いくらスポーツコースでも勉強の質は高いらしい。落ちこぼれたら留年だ。その前に、小テストや定期試験で平均点未満だと試合には出られなくなるそうだ。今から基礎学力だけはしっかりつけておかないと。一般入試で入ってくる人たちは、俺より間違いなく優秀だろうから」

見かけどおり真面目な奴《やつ》なんだなあ、と賢人は感心した。

「それに、とってもいいことがあるんだ」

そう言って、横川は、にんまりと笑う。

その表情がどうにも気になったというか、気にいらなかった賢人は、横川が練習後に自習室にいつも行っている土曜日に、自分も練習に参加してみた。

練習が終わると、横川は、制汗スプレーを念入りに吹きかけたあと、中学の制服に着替え、賢人にお疲れと声をかけて、素早く脇をすり抜けようとした。

「待って」

賢人はその肩をつかむ。

「何？」

横川にしては珍しく、少しおどおどした様子になる。

「俺も行く」

「えっ。土曜は家庭教師の先生が来るんだろ？」

帰った方がいいんじゃない？　いや、帰ってくれ。横川の全身からそんな気配が漂っている。

「今日は都合が悪いんだ。だからここで一緒に勉強してから帰る」

家庭教師に、都合が悪いと予定を振り替えてもらったのは賢人の方だった。だけど、主語を省いたので嘘ではない。

横川は少し戸惑った顔をしたけれど、付いて来て、というように少し前を歩き出した。

土曜日の夕方なのに、自習室では多くの生徒が勉強している。試験が近いのだろうか？

それにしてはバド部の先輩たちは練習に全員参加していたし。やはり文武両道がモットーだけに、勉強に勤《いそ》しむ生徒たちも多いということなんだろう。

「いつもあそこを借りてる」

横川が、自習室の一角を指さす。

「席って予約制なの？」

「そうじゃないけど」

そう言って、じゃあどうなんだという説明はしないで、横川は席に着く。

仕方ないので、賢人も同じテーブルに横川と向き合って座る。そして、持ってきた問題集を広げる。家庭教師をキャンセルした以上、その分をここでしっかり勉強しなければいけないのだから。

しばらくすると、「こんにちは」と、一人のメガネをかけた男子生徒がやって来て声をかけてくれた。

「こんにちは」

横川も愛想《あいそ》良く挨拶を返す。

「何かわからないことある？」

「今のところ大丈夫です」

「じゃあ、向こうの席にいるからなんかあったら声かけて」

「ありがとうございます」と、横川は頭を下げた。

いいことってこれ？　首を傾げる賢人に、横川がこう言う。

「海老原先生の計らいで、ここに座っていると、特別進学コースの先輩が今みたいに声をかけてくれて、勉強を教えてくれる。あの人は帰国子女で、英語のエキスパート」

「へえ」

それはありがたい。でもだからといって、内緒にしておくほどいいことだとも思えなかった。なんとなく腑に落ちないまま、それでも横川につられるように賢人も問題集に集中した。しばらくすると、横川が小さなうなり声をあげて席を立った。賢人と背中合わせの席に着いているはずのさっきの先輩に何か教えてもらうつもりなんだろう。

「数学か。あんまり得意じゃないんだな」

さっきの男子生徒の声がした。

「水嶋さん、ちょっといいかな」

えっ？

「数学なんだけど、見てあげてくれる？」

「いいわよ」

あの涼しげな声は。

「ああ、これはね」

彼女の声だ。間違いない。

我慢できずに賢人は後ろを振り返った。

さっきの男子生徒の斜め前に、あのマドンナが座っていた。左手で顔にかかった長い髪を耳にかけながら、右手に握ったシャープペンシルを紙の上に走らせていた。

「ねっ、こうするとわかりやすいでしょう？」

「ああ、なるほど」

横川が納得しただけなのかもしれないが、賢人にはやや媚《こ》びるような声をあげているように聞こえた。賢人は、問題にまったく集中できなくなった。

ありがとうございます、と礼を言って横川が席に戻ってきた。横川は、しばらく彼女が文字を書いた部分を熱心に見つめていた。ただ、問題と向き合っていただけかもしれないが、なんとなくムカつく。覗《のぞ》きこむと、彼女が書いたらしい数式とグラフが見えた。

賢人は気がついたら席を立っていた。

「あの、僕も教えてもらっていいですか？」

賢人は帰国子女の男子には目もくれず、彼女の隣に立ってそう言う。

「君は、確か少し前に、前田《まえだ》先生が特進に進学希望だって言ってた子だよね」

そういえば、あの案内をしてくれた先生は前田と名乗った気もする。

「はい」

「もしかして、祐介くんといるってことは、バド部のスポーツ推薦なの？」

祐介くん？　なんでお前、名前で呼ばれてるんだ？　賢人はさらにムカつきながら横川に視線を向ける。けれど、わざとなのか、横川はこちらをチラッとも見ない。

「一般入試で特進を受験しますが、ここのバドミントン部に入る予定で、一緒に練習させてもらってます」

「へえ、君は欲張りなんだね」

「えっ？」

「勉強も、部活も一番狙いってことでしょう。まあ、スケールは小さくても」

「小さいですか？」

「野球部やバスケット部ならともかく、うちのバド部って、やっとインハイに出られるようになりましたってレベルでしょう？　その気になればもっといい環境もあるんじゃないの？　勉強だって東京に通えばもっとすごい進学校はいくつもあるしね」

確かに。

「でも、欲張りだなんて」

「あの問題集」

彼女は、賢人が広げている問題集を指差した。

「中学生のレベルでは最上級。それをさっきからスラスラ解いているから、勉強の実力は十分。それにバドミントンも相当うまいはず」

「どうして、そんなことわかるんですか？」

「正式に入学も決まっていないのに海老原先生が一緒に練習をさせているっていうことと、全身から溢《あふ》れる俺って凄いだろオーラから判断すると、君はたぶん、全国的にもとても有名な子なんでしょう？　となると、スポーツ推薦じゃないのが不思議なんだけど。海老原先生って生真面目だから、君が凄すぎて、うちでは役不足だと遠慮したとか？」

言い方はともかく、内容はほぼ正解だ。賢人は、黙ったままほんのわずか頷く。

　こうやって面と向かって話してみると、ポスターの笑顔から想像していた、しとやかで涼やかな彼女の印象とはずいぶん違うように感じる。けれど、逆に、その気の強さや高圧的なところがとても魅力的だ、と賢人の恋心はさらに燃え上がる。

「でも両方欲張るなら、うちはいい環境かも。で、何が訊《き》きたいの？」

「あなたの名前です。僕は遊佐賢人といいます」

　賢人が名乗ると、彼女はとても魅力的に笑った。涼やかであり少し色っぽくもあり。

「私は、ミズシマリカです。他には？」

「つきあっている人はいますか？」

　賢人がそう言った瞬間、周囲の耳が、いっせいにこちらに向いた気がした。

「いないわ」

　安堵《あんど》のため息が広がる。

「でも、とても大切な人ならいるかな」

　その彼女の答えに、周囲に先ほどとは違う感触の小さなため息がたくさん生まれ、それが重なって大きなどよめきになった。やはりこの人は男女を問わず、この学校のマドンナなんだな、と賢人は思う。

　席に戻った賢人は、ノートの余白にミズシマリカとカタカナで彼女の名を書いてみる。ようやく知った、彼女の名前。どんな字を書くのだろうか。

横川がそれを見て、声をたてずに笑う。そして水嶋里佳《りか》と、賢人のノートに、彼女の名を漢字で書いてくれた。

色々と他にも訊きたいことはあったけれど、すでに結構やらかしている自覚もあり、これ以上は、みんなが勉強している場所ではまずいので、とにかくその場では勉強に集中している振りをした。

自習室を出る時に、もう一度だけ彼女を見る。言葉はもちろん、笑顔もかけづらいほど彼女は真剣に問題に取り組んでいた。

横川と賢人は、まだ勉強を続けるらしい彼女の周囲に目礼をして自習室を出る。

「彼女の名前、知ってたんだね」

賢人は恨めしそうに横川に言う。

「は？」

「遊佐って、意外に抜けてるね」

「あの人の名前なら、ほら、そこにいっぱい書いてあるじゃん」

「えっ」

賢人は、横川が指差した廊下の壁に視線を向ける。そこにはありとあらゆる試験の成績順位が貼り出してあった。すべての一番先頭に、水嶋里佳という名が君臨していた。なるほど、なるほど。ずっと首席だと、前田先生だったか、あの人が言っていたな。

「彼女の名前を知らない人なんて、この学校にはいないよ」

だろうな。容姿端麗で、おまけに入学以来ずっと特別進学コースで首席。この学校では、今年のドラフトの目玉だという野球部の投手と同じほどのネームバリューかもしれない。

「入学までは内緒にしたかったんだけど」

密《ひそ》かな愉《たの》しみを奪われてなのか、横川は苦笑いをしている。

「ごめん。でも、あの人に惚れたのは俺が先だから」

「はあ？」

「俺、中学の廊下に貼ってあるここのポスターであの人を見て、ひと目惚れしたんだ」

「マジ？」

賢人は頷く。

「だからここに決めたってことは、ないよね？」

まさかね、という目で横川は賢人を見る。賢人は、思わず視線を逸らす。その素振りと賢人の表情から真実を察したのか、横川は、今度は口を半開きにしてあきれたように賢人を見つめた。

「もちろん、それだけじゃないけど」

賢人は小声で、言い訳にもならない言葉を返す。

「がっかりな気もするけど、……なんか納得したよ」

横川は、にっこりと笑ってくれた。

彼女と先に知り合っていたことにはムカつくけれど、やっぱりこいつはいい奴だ。

「けど、バドはバド。俺は本気で一番をとりにいく。シングルスはもちろん、お前とのダブルスでも一番を狙ってる。当然、最終目標は団体優勝だけどね」

横川は、目を見開く。

なんでだ？　こいつも、あの日初めて一緒にコートに立った時から、俺と同じ感触を持っているものだと、直接尋ねたわけではないがそう思っていたのに。

「俺とのダブルス？　お前の足を引っ張るだけだよ。力が違いすぎる。たとえばいっこ上の本郷《ほんごう》さんとか、遊佐に見合う人は、他にもいるじゃん」

「本郷さんにはもういい相棒がいるじゃないか。それに先輩と組んでも、卒業したら終わりじゃん。最初からタメと組んだほうがいいに決まってる」

「そうだけど、ダブルスは力の差が、致命的なウィークポイントになるってことわかってるだろ？」

賢人は頷く。

「それはお前の努力次第だ。なんとかしろ。俺が自分の能力を削るわけにはいかないんだから」

横川は、吹き出すように声をあげて笑う。

「まあ、入学してから、海老原先生の判断だろ。もしそうなったら努力するよ。死に物狂いで」

最後の言葉を言う時、横川の目は少しも笑っておらず、そこに賢人は横川の本気を見たような気がした。

二人は駅前のファストフード店に入り、それぞれに好みのハンバーガーセットを頼む。コーラを飲みながら、「里佳さんの大切な人って誰だろう？　気になるよな」と賢人はつぶやく。

「さあね。彼女は、俺にとっては花や絵と同じで、少し離れた場所から見て、きれいだな、癒されるな、と憧れてるだけの存在だから。彼女に彼氏がいようと、大切な存在があっても、俺的には気にもならないけど」

「俺はマジだから」

だから、彼女の大切な人は、俺にとっては大問題だ。まあ、たとえそれがどんな奴でも、俺は絶対に諦めないけど。

「遊佐は、ほんと、色んなことに頑張るんだね」

感心したように横川が賢人を見る。

「めいっぱい欲張りじゃないと、何だって楽しめないから」

横川は、フッと笑う。そしてこう言った。

「なんかよくわかんないけど、そういう気持ちが理解できたら、俺もきっと次のステップに上がれるのかもな」

「で、誰なんだろう？」

「また、そこ、戻っちゃう？」

「だって気になるだろう？　あの里佳さんが大切に想う人ってさ」

「じゃあ、本人に聞けばいいじゃん」

横川は本当にその件については興味がないのか、どうでもいいような感じでそう答える。

「お前が訊いてくれない？　それとなく、さりげなく」

「はあ？　なんで俺が。お断りだよ」

とっておきの笑顔もつけたのに、にべも無く断られた。

「えっ？」

「えっ？　って、何だよ」

「お願い断られたこと、あんまりないから」

「どんだけ、俺様だよ」

横川はわざとらしいため息をつく。そしてこう付け加えた。

「それから、俺に、そんな笑顔を向けても無駄だから。里佳さんのためにとっておけ」

結局、横川の協力は得られないまま、かといって自分で訊く勇気もなく、練習と受験勉強で、賢人の残り少ない中学生活は、それまでとは比較にならないほど単調に過ぎていった。

家庭教師に来てもらう日を土曜日から金曜日に替えてもらったおかげで、それからも何度か、賢人は、自習室で里佳さんと言葉を交わすチャンスはあった。

といっても、ほとんどは、わからない問題を彼女に教えてもらいながら、感心したり頷いたりしていただけだけれど。

里佳さんは、どんな難しい問題にもすぐに対応してくれる。時に試すように、最高峰の学校の難問を選んで差し出しても、数秒息を止めるように表情を固めた後、独特で適切なヒントを出してくれた。たとえば図形問題なら、賢人が思いもよらない場所にスッと一本の補助線を引き、あとは自分で考えられるでしょう？　というように微笑むのだ。国語の読解問題にうまく取り組めない賢人にはこう助言してくれた。

「相手の意図を汲《く》まなきゃ」

「どういう意味ですか？」

「この文章を書いた人や君の想いは二の次。大切なのは、問題を作った人の意図を汲むこと。バドの人って、そういうの得意じゃないの？　それとも、君は、相手の思惑は無視して常に俺様中心のプレーなの？」

横川が、少し離れた席で肩を震わせている。

ほう。お前は俺を、いや俺のプレーをそう見ているということか？　後でじっくり話し合う必要があるな。

だが、結局、里佳さんのそのアドバイスがとても役に立った。

自分の想いや感情にはふたをして、出題者が何を望んでいるのか、それを的確につかむ要領を得たことで、国語の点数は飛躍的に上がった。

賢人が里佳さんに会えるのは自習室だけだった。だから賢人が見ることができるのは、彼女が勉強に取り組む姿ばかりだった。

それでも賢人は、里佳さんを見ていると、とても幸せな気持ちになれる。

美しいだけじゃない。彼女の眼差しには情熱があった。極めようとする、突き抜けて高みに上ろうとする、そんな気概が彼女にはある。

それは、バドミントンで賢人が自分自身に課しているものと、根っこが同じものだと賢人は感じた。分野が違っても、この人の視線は、自分と同じように、いやもしかしたら自分よりもずっとはるか遠くの高みを目指しているのだと、賢人はその姿勢を尊敬した。

第二章　勇往邁進《ゆうおうまいしん》、それが湊魂

二月に行われた一般入試で、賢人は無事、横浜湊の特別進学コースに合格した。

合格発表を見てから、賢人は横川のスマホに連絡を入れた。合否がわかったらすぐに連絡すると約束していたからなのか、ワンコールで、横川は電話に出てくれた。

「合格したよ」

言葉より先に、安堵のため息のような音が伝わってきた。

「おめでとう。これで本当の仲間だな。これから三年間、よろしくな」

「こっちこそ、よろしく」

短い電話だった。でも、伝えたい想いは、十分に伝わったはずだ。

電話を切ると、中庭にある渡り廊下に向かう。彼女のポスターの前には何人かの入学予定者と思われる男子生徒がいて、この子超かわいいよね、などと言いながらじゃれあっている。

俺はすでに里佳さんと親しく言葉を交わせる仲なんだからと優越感に浸りながら、賢人はチラッとポスターの彼女と視線を交わすと職員室に向かった。

職員室の入り口で近くにいた先生に、海老原先生を呼んでもらった。

すぐにやって来てくれた海老原先生は、「これからよろしくお願いします」と頭を下げた賢人に、「おめでとう」と言って右手を差し出してくれた。賢人は少し緊張してその手を握った。

「時間はありますか？」

「はい」

「では、一緒に体育館に行きましょう」

賢人は頷く。

でも確か、今日、在校生は登校禁止、部活も休みのはず。体育館に行ってもバド部の誰かがいるはずはない。海老原先生は賢人を先導するように半歩前を歩いた。左手には、シャトルケースよりは大きめの筒状のケースを持っている。

体育館に到着すると、海老原先生は、ポケットから用意してきていた鍵を取り出し体育館の扉を開けた。そして、賢人に来客用のスリッパを揃えてくれる。

「中へ入りましょう」

どうして、誰もいない体育館に連れてこられたのかはわからない。けれど、賢人は少し厳粛な気持ちで、先生の後に続く。

海老原先生は、体育館の真ん中で立ち止まり、ゆっくりと、まるで視線で深呼吸をするように館内を見回す。

「私は静岡の生まれですから、それがあたりまえのように、物心ついた頃にはサッカーボールを蹴っていました。大学までサッカーを続けて最後の年には、日本一になりました」

「えっ？」

シャトルを上げる姿を何度も見ている。その巧みなラケット捌《さば》きに、海老原先生は競技経験者だと、今の今まで賢人は思っていた。

「ずっとグラウンドを走り回っていました。雨の日も雪の日も」

「はい」

賢人にとっての体育館が、先生にとってはグラウンドだったのだろう。

「教師の道を選んだのは、怪我で競技は諦めましたが、サッカーの魅力を次の世代に伝えたいと思っていたからです。当然ここでも、サッカー部の顧問をやるつもりでした。まさか、やったことも見たこともないバドミントン部の監督になるなんて想像もしていませんでした」

どんな事情があったのか、その経緯を海老原先生は語らなかった。ただ、想いがいっぱいつまっているような深いため息を、一つついた。

「ルールブックを片手に持ち、子どもたちに教えを請《こ》いながらのスタートでした」

海老原先生は、恥ずかしそうに苦笑する。

「けれど子どもたちは、こんな素人の私をそれでも信頼してくれて。時にはこちらが励まされるほど大きく伸びやかに成長してくれました」

海老原先生は、もういちど体育館を見回す。そしてこう言った。

「グラウンドしか知らなかった私が、今では体育館が自分の居場所だと思えるようになりました。暑い日も寒い日も、ここが私の一番居心地のいい場所なんです」

「はい」

賢人も同じだ。

風の影響をなくすために閉め切られた体育館は、決していい環境ではない。暑い日はさらに暑く、寒い日も寒風からは身を守ってくれるが、底冷えが厳しく、流した汗はすぐに体を冷やし始める。

けれど、それでも体育館に入ると、賢人は自然とテンションが上がる。体中に力が溢れてくる。

明日からは、まさに、この体育館が自分の場所だ。

「君が横浜湊に来てくれて、本当に感謝しています。おかげで、私たちは、次のステップに大きく踏み出すことができます」

部室には少し前まで、『勇往邁進』というバドミントン部のスローガンと並んで、『目指せ、インターハイ！』という手書きのポスターが掲げてあった。

つい先日、前部長の菱川さんが部室に貼ってあったそれをはがし、『目指せ、インターハイ優勝！』に貼り替えたのだと、海老原先生は教えてくれた。

「ここで君の新しい道がはじまります。それは君が想像している以上に厳しい道です」

賢人は、体育館に掲げてある『勇往邁進』の応援旗を見つめながら頷く。

ここに来て初めてこの応援旗を見た日、その意味を賢人は辞書で調べた。漠然とではなくしっかりと、その言葉を胸に刻みたかったからだ。

『勇往邁進』とは、「ひるまず、ためらわず、ひたすら目標や目的に向かってまっすぐ進むこと」と賢人の辞書には書いてあった。

調べたことで、よけいにその言葉は賢人の胸に深くしみ込んできた。

いつだって、自分が選んだ場所で、ひるまず、ためらわず、一番てっぺんを目指してきた。今までもこれからもそれは同じだ。それなりの覚悟はできている。

「明日から、君は、ただの一度も負けることが許されない。公式戦でも練習試合でも、君は勝ち続けなければいけません。それが、君がここを選んだ代償です」

代償？　あまりに大げさな言葉に賢人は首を傾げる。

「王者である埼玉ふたば学園の一番の強みは、君もよく知っているように選手層の厚さです。それは内側では切磋琢磨を生み、外に向けてはチームとしてのメンタルを強化します」

競争は個人個人の力を研ぎ澄まし、チームを担うのは自分だけではないという事実がプレッシャーを軽減するのだと、父もよく話している。

「ここでは、君は孤独です。君より強い選手はいない。たった一人、互角に打ち合える菱川も卒業して新しい道を行きます。次の部長の本郷では、君には物足りないでしょう」

「でも、横川がいます」

「そうですね。横川くんは君の良いパートナーになれるでしょう。でも、あくまでもそれはダブルスに限ります。シングルスでは君の進化に手を貸せるほどのレベルにはありません」

今はそうかもしれない。でも、横川には、俺のパートナーであり、ライバルでもあり続ける、その可能性がある。

「つまり、中学を卒業したばかりの君が、ここを支え引っ張っていかなければなりません。カリスマであり続けなければならないのです」

覚悟はありますか？　できますか？　というように、海老原先生は賢人を見つめる。

賢人は、もう一度、『勇往邁進』の意味をかみしめてから、強く頷く。

父に連れられ他の強豪校もいくつか回った。横浜湊が埋めなければならない溝の広さも深さもよくわかっているつもりだ。

たとえば、王者埼玉ふたば学園より、選手層やコーチ陣、練習場所など、あらゆる側面で色々足りない環境だと、知らないでやってきたわけではない。十分に知って、それでも、ここなら夢を叶《かな》えられると、いやここで夢を叶えようと決意してやって来た。この人の下《もと》でなら、やり抜けると信じて、賢人はここを選んだ。

最初の動機、里佳さんのことはともかく、今のこの気持ちに嘘はない。

「一年時間を下さい。君が一緒に一番を目指せる仲間を必ず私が連れてきて育てます」

海老原先生は、いきなり賢人に深々と頭を下げる。

「よろしくお願いします」

賢人は余計なことは何も言わず、ただそう言ってもっと深く頭を下げた。

「その代わりと言ってはなんですが、君に、プレゼントです」

そう言って、海老原先生はずっと手に持っていた筒を賢人に手渡す。

「ありがとうございます。中を見てもいいですか？」

「どうぞ」

海老原先生は、何とも言えない笑みを浮かべている。

筒の中には、横浜湊のポスターが三種類入っていた。今まで見ていたものとは違う構図のものもあった。そのすべてに里佳さんが写っている。

「来年度のポスター見本です。うちも水嶋頼りで困ったもんだが、これだけカリスマ性があると仕方ないかもしれません」

ついうっかり、そうですよねえというように、賢人は頷いてしまった。

それからあわててすました顔で、「でも、なぜこれを僕に？」と訊いた。

「君が、彼女のポスターの前で立ち尽くしている姿を二度見ました」

海老原先生もすまし顔でそう答えた。賢人は恥ずかしくなってうつむく。

「その後ろ姿を見て、君がうちを選んだ訳がなんとなくわかりました。もちろん、それだけでうちを選んだのではないということは、ちゃんとわかっていますけどね」

最後にもう一度海老原先生は、賢人に握手を求めた。

賢人は、赤らむ顔をなんとか鎮めながら、その手をしっかり握る。

死ぬ気でやる。

なんとしても、横浜湊を頂点に立たせてみせる。

自分に相応しい場所だったからここを選んだのだと、大手を振って宣言してみせる。

賢人は心の中でそう叫び、ポスターにはそれほど興味がないふりでそれを筒にしまい、体育館の扉に向かって先に歩き出した。

この人は、食えない。

母が、今賢人の顔を見れば、そうはっきり読み取れる文字が浮き出ていたはずだ。


「明日、四月から仲間になる中学生が、初めて練習に参加する。よろしく頼むよ」

あの体育館での握手から半年、練習終わりに海老原先生が賢人を呼びとめそう告げた。

「はい。有望なのはいますか？」

海老原先生は、嬉しそうな表情で、「いい子たちが入って来るよ」とめずらしく満面の笑みで頷く。

「もしかして、岬《みさき》ですか？」

岬省吾《しょうご》は、賢人が卒業した後の県のシングルスの覇者だ。何度か対戦したが、いいバドミントンをすると感じた。ライバルとしては物足りなかったが。

「いや、彼は、別の、関西の学校に行くらしい」

その口ぶりから、岬のことは誘わなかったのかもしれないと思った。

「岬はいい選手だ。でもダブルス向きじゃない。それにチーム内で遊佐賢人との調和がとれそうにない」

なるほど。岬は、賢人のいなくなった後なら代わりにはなれるかもしれないが、賢人とチームで共存共栄できるタイプではない。それに、冷静に考えれば、発展途上の横浜湊では、できればシングルスもダブルスもこなせる選手が欲しい。もしどちらかだというなら、ダブルスだ。

「ツインズは？」

県下一のダブルス、東山《ひがしやま》ツインズ。双子であることを最強の武器に、彼らは全国でもいつも上位にくいこんでいた。

「彼らは、うちに来てくれると返事をもらっている」

先生は嬉しそうに言う。

「本当ですか？　あいつらが来れば、かなり心強い」

ツインズが同じチームに来れば、即戦力だ。少なくとも、県大会を勝ち抜くことを心配する必要がなくなる。賢人のテンションもグイッと上がる。

「君と横川がいい手本になれる。彼らを今以上に強くしてやって欲しい」

「はい」

「他にも、今はまだ未知数だけど、かなり有望なのがあと三人来てくれる」

「三人も？」

「君の活躍のおかげで、うちの推薦枠も増えた。感謝してるよ」

賢人はまんざらでもない笑みを浮かべる。

入学以来の賢人の活躍が、横浜湊バドミントン部を全国区にしたのは間違いない。

「けど、うかうかしてたら、やられてしまうかもしれないよ」

まさか？　一年下の奴らに負けるなんてありえない。本郷さんや横川でさえ、練習でも賢人から1ゲームもとれないのだから。

「そんな頼もしい後輩なら大歓迎です」

賢人は余裕たっぷりに頷く。

どんな奴がきたって、まあ、一度はコテンパンにやっつけて、一からこのチームに貢献できるようにしごき上げるだけだ。


翌日、海老原先生ご自慢の五人が、練習に参加した。

東山ツインズと戦ったことはない。ツインズはバドミントンを中学から始めたらしいし、中学では、賢人はシングルスにしか出場したことがなかったから。けれど、その強さは何度も目にしていた。

全国大会で同じ県の代表だったこともあるから、顔見知りでもある。もっとも、あの双子は常に二人だけの世界にいるので、挨拶は交わしても親しい言葉を交わしたことはないが。海老原先生は、別のコートにツインズを張り付かせ、意図的に、賢人たちとツインズの対戦を避けていた。まずは自信をつけさせようということなのかもしれない。

まあいいだろう。これから、何度でも戦える。その時は絶対に手加減をしない。全力で潰す。そうすることが、あいつらに賢人と横川がすぐにでも与えてやれる財産だから。

それより気になったのは、他の三人だ。

水嶋、榊《さかき》、松田《まつだ》。

一緒にコートに入ることで、海老原先生のあの笑顔の意味がほんの少しわかった気がした。三人とも、賢人の基準からみれば、ほぼ無名だ。水嶋亮《りょう》と松田航輝《こうき》にいたっては、一度もその名を聞いたことがない。

けれど、現在の技術力だけを言えば、松田は群を抜いていた。実際、いつもはプレーにムラがなく安定している本郷さんが、一度だけとはいえ、松田相手にゲームを落とし、コートから追いやられていたのだから。

とはいえ、松田は一度も賢人に挑んでは来なかった。来れば、しばらく笑い方がわからなくなる程度にはたたきのめしてやったのに。

迷うことなく賢人のコートにやって来て賢人に挑み続けたのは、水嶋と榊だ。

賢人は、まず二人のそのメンタルのタフさに驚く。

最初にシングルス5点マッチで、二人と対戦した。

榊翔平《しょうへい》のまっすぐなバドミントンに、賢人は、とても好感を持った。勝ち続けるのは難しいかもしれない。バドミントンは駆け引きのスポーツだから。それでも、こいつなら駆け引きなしで勝ち続けるかもしれない。そんな想いが胸をよぎるほどのパワーと、突き抜けた気迫を持っていた。

水嶋亮は不思議なバドミントンをした。

技術的にはまだまだだ。どういうわけか難度の高いカットを操れるくせに、他のショットはそれほどたいしたことはない。

けれど注目すべきはそこじゃない。水嶋は、今まで賢人が出会ったことのない、半端じゃない吸収力を持っていた。

賢人は、一打ごとに、自分が長い間かけて培ってきた大切なものを水嶋に少しずつ奪われていくような気がした。

最後には厳しいラリーも何度か交わし、ポイントもとられたけれど、自分がこいつを今まさに強くしているのだという想いで、賢人は奇妙な喜びさえ感じた。奪われているのか与えているのか、自分でも判断できない。それは、他の誰にも感じたことのない不思議な感触だった。

ダブルスでは、さらに驚かされた。初めて組んだはずの水嶋と榊のペア。

へたくそだった。最初の対戦では、穴だらけの、つっこみどころ満載の相手コートに同情の笑みさえ浮かんできた。

けれど、二度目の対戦で二人が相手コートに入った時、賢人はしばらく感じたことのなかった、懐かしい高揚感を覚えた。横川も同じようにテンションを上げていることを、その弾んだ体と気合の声で、賢人は感じることができた。

相手コートにいる二人がぶつかり合い混ざり合いながら生み出す熱が、賢人と横川のリズムも高めていく。全国でレベルの高いペアと対戦する時に感じるようなそれを、素人丸出しの即席ペアに感じたのだ。

もちろん、ダブルスとしての技術が未熟すぎて、まだまだ相手にはならない。

ただ、はっきりと感じた。こいつらはあの風をつかめると。

ある日、突然気がつくのだ。自分たちのすぐ真上に、ものすごい勢いで上昇気流が流れていることに。

けれど、その風をつかむことができる者はそう多くない。才能と努力と、そして運。何より気合が必要だ。強くなりたい、勝ちたい、もっと上に、さらに高みに。その想いが誰より勝るものだけが風をつかめる。

海老原先生は、その風をつかめると感じた選手だけを集めてきたのかもしれない。満足そうに練習を見つめる海老原先生の姿を見ながら、賢人はそう思った。

あの日、「一年、時間を下さい」と、海老原先生は賢人に頭を下げた。

半年で、先生は一緒に戦える仲間を連れてきてくれた。あと半年かけて、海老原先生と横浜湊というチームの力で、こいつらを共に戦える仲間にする。

半年後、ここに入学してきた頃には、もう立派なチームメイトになっているはずだ。

こいつらなら、きっとやれる。練習終わりに肩を並べて歩く、横川の目も興奮で輝いていた。

「面白い奴らがやってきたね」

「ああ」

「特に、水嶋くん、いいねえ。予測できないバドをやる」

「だな。それに、名前もいい」

なるほど、と横川が爆笑する。

水嶋が隠し続けていたせいで、賢人はそれからも長い間、水嶋が里佳さんの弟だということを知らずに過ごした。けれど、初対面のときから、水嶋という苗字だけで、賢人はバドだけでなく水嶋亮の全部を気に入っていた。実際、水嶋が正式に入部してきた日から、水嶋、水嶋と、賢人はその名を連発した。卒業してしまった里佳さんの苗字をこうも気軽に口にできることは、思っていた以上に賢人のテンションを上げた。

さらには、水嶋愛しているよ、などと言ってじゃれついても、本人は少々迷惑そうな顔はしていたけれど、周りは面白がって笑っている。同じ苗字を愛《め》でるだけで、いいリフレッシュになるのだから、里佳さんは偉大だ。

高二の夏、インターハイの個人戦で、賢人は二冠に輝いた。

シングルスでの優勝は当然だった。一年前、賢人が接戦の末に負けた埼玉ふたばの遠田《おんだ》は卒業し、同じ舞台に立つ者たちの中に、賢人の敵はいなかったのだから。遠田にだって、もう一度やれば勝てたはずだ。

けれど、ダブルスでの優勝は難しいかもしれないと思っていた。実際、決勝の途中で、もうだめかもと何度も気持ちが萎えかけた。

ファイナル19オールまでもつれ込んだ試合をものに出来たのは、横川のおかげだった。賢人のプレーも性格も知り尽くしている横川がパートナーでなければ、絶対に頂点には立てなかった。

「二冠のほうが、女神様にだってインパクトあるぞ」

横川が賢人の背中に囁《ささや》いた短い一言が、賢人の最後のスマッシュに力をくれた。

試合が終わった瞬間、賢人は横川に抱きついた。ありがとう、ありがとうと、何度も叫びながら。

その二冠を勲章代わりに、横浜に戻った賢人は、迷わず里佳さんに交際を申し込んだ。けれど、あっさり断られた。

「私にとって一番大切なのは弟の亮。そばで見守って、過保護にならない程度に少しずつヒントをあげないと」

「何のヒントですか？」

「次のステップに上がるためのヒントに決まってるじゃない。遊佐にも、あげたでしょう。

何度もヒントを」

　賢人は首をひねった。心当たりがまったくなかったからだ。

「何、首をひねってるのよ。ほら、あの図形問題での補助線とか、英語長文のキーワードの探し方とか」

　ため息と一緒に苦笑するしかない。

「とにかくそういうわけで、ごめんなさい」

　里佳さんはそう言って、きっぱりと笑う。ごめんなさいと言われているのに、やはり賢人はその笑顔に見とれる。

「じゃあ、せめて約束どおり、デートだけでもしてください」

「約束？　それって、遊佐のお願いでしょう？　私、返事してないよね」

「そんなあ」

「それに、団体で勝ってないのに、それで遊佐は満足なの？」

　満足はしていない。団体で勝つことが、自分の、自分たちの一番の目標だから。

「次は、絶対に団体でも優勝します。三冠を達成したら、デートしてくれますか？」

「そうね、一年かけて考えておくわ」

　手強い敵だな。姉弟《きょうだい》の絆《きずな》は深いぞ、半笑いでなぐさめる横川に、賢人はこう言った。

「なら、一日も早く、水嶋を一人前にしてやればいいんだ。俺がこの手で」

　横川は、「まあ頑張れ、色々」と、いつか聞いたことのあるようなセリフを、小さなため息とともに返してきた。

高校最後の夏。

決戦の地、沖縄で、横浜湊は念願のインターハイ団体優勝に輝いた。

『勇往邁進』、湊のスローガンを胸に、ベンチも含めて仲間と一緒に勝ち取った勝利だった。

入部以来、驚くほどの速さで成長していく後輩たちに、賢人は頼もしさとともに恐ろしささえ感じるようになってきた。

次期部長の内田《うちだ》輝《あきら》。

入学以来、学業でトップクラスの成績を維持しながら、初心者だったにもかかわらず、今ではレギュラー陣を脅《おびや》かす存在にまで成長した。その明晰《めいせき》な頭脳は、横浜湊の参謀としても欠かせない。

チーム一の逞《たくま》しい身体で、パワー溢れるプレーが持ち味の榊翔平。

熱血漢で、努力家。チームのムードメーカーであるとともに、次のエース水嶋の、心身をがっしり支えるパートナーだ。

クールな容姿とホットな心を持ち合わせた松田航輝。

上海からの帰国子女で、その技術は高校生レベルを大きく超え、弱みだった体力のなさも、自ら課した厳しいトレーニングが実を結びつつあり、シングルスのエキスパートとして、チームに安定感をもたらしてくれている。指南書どおりのラケット捌きやゲームメイクは、後輩のお手本として、監督の海老原先生にも重宝されている。

賢人と同じように、負けることを許されない存在に成長した、ダブルスの東山太一《たいち》と東山陽次《ようじ》。通称ツインズ。

以心伝心、息のあった躍動感溢れるローテーションで相手のリズムを巧みに崩し隙をつく。この一年で体つきもグンと逞しくなり、気持ちの強さも相まって、コートで向き合えば、意外なほど威圧感を覚える。

そして、横浜湊の次代を担う水嶋亮。

飛びぬけた吸収力と誰よりも強いバドミントン愛で、頂点に向かって、怖ろしいほどのスピードで駆け上ってきた逸材だ。海老原先生の言葉を借りれば、天才というより超才。

その強さは、技術や才能を超えた、バドミントンへの一途《いちず》な気持ちにこそある。味方にいれば最高だが、敵に回れば本当に嫌な存在だ。

賢人は彼らをコートの中では後輩だと思ったことがない。共に戦う仲間であり、しのぎを削るライバルだと感じている。

そして、特に水嶋に対しては、複雑で奇妙な想いがあった。

負けるかもしれない、これほど賢人を脅かす存在は他のどこにもいなかった。

もちろん、賢人も高校生の大会を離れれば、何度も負けを経験している。怪我とスランプのダブルパンチで大敗したこともある。けれど、誰と戦っても水嶋ほど怖くはなかった。

今は負けたとしても、きっと追いついてやる、追い越してやるんだと、かえって力が湧いてくるのが常だった。

水嶋には、もしこれで負けたら二度と勝てないのでは、と感じさせる恐《こわ》さがあった。同時に、こいつを強くしたい、一緒にもっと高みに上りたい、そんな強い想いも湧いてくる。

インターハイの個人戦、シングルスでの決勝。

相手は、望んでいたとおり水嶋だった。そして賢人が予想していた以上の死闘になった。高校生の大会で、ファイナルまでもつれ込んだのさえ、久しぶりだった。

何度もこれで勝てる、と思った。けれど、そのたびに粘られ追いすがられる。

連戦の疲れを最小限にとどめ万全の体調で臨んだはずなのに、水嶋の執拗な右への攻撃に、あるはずのない痛みが右膝に走るようになったりもした。

けれど、絶対に負けない。てっぺんに立つのは自分だ。

何度も何度も、賢人は、自分自身にそう言い聞かせた。

どれほど勝利への執念が熱くたぎっていても、いつもは冷静な省エネプレーが持ち味なのに、一打ごとに大きな気合の声が出て、気力も体力も全開で、賢人は必死に球にくらいついていった。

相手コートの水嶋も、同じように、いや、賢人以上に必死だった。その目は、チームメイトでも後輩でもなく、賢人のわずかな油断とミスを狙い続ける獣のようだった。

タフになったな。それに、お前も熱くなれるじゃないか。

もし対戦相手でなかったら、褒めてやりたいくらいだった。

だけど水嶋、お前は本当に嫌な奴だ。

これも拾うのか。普通は諦めて見送るだろう。しかも、なんでそこからクロスに打ち返してくるかな。

戻りが速いんだよ。なんのために、執拗に前後左右に振り回したと思ってるんだ。

おいおい、マジかよ。そんなスマッシュ、まだ打てるのかよ。体力オバケかよ、お前は。

けど俺だって、お前の決め球なんて、全然、拾っちゃうから。

心の中の声とは裏腹に、賢人の体は徐々に重くなってくる。滴《したた》る汗で濡れたコートに、何度も足をとられそうになった。

「集中、集中」「もう一本」「いけるよ」「ここで踏ん張れ」

今にも萎えそうな気力を、横川の声が、そのたびに持ち上げてくれる。

試合前の基礎打ちの相手をいつもと同じようにこなした後で、横川は賢人にこう言った。

「絶対に勝て。たたきのめせ。明日からのチームのために」

水嶋が、おそらく部長に選ばれるはずの輝と、車の両輪となって明日からの横浜湊を背負って行くことは、海老原先生をはじめ部員全員の共通認識だ。

その力が水嶋にはある。けれど、その気概が本人にあるかといえば疑問だった。

水嶋に足りないものがあるとすれば、それは熱さをともなった徹底的な負けの記憶だ。

勝つことに意味があるように、負けることにも意味がある。意味のある負けを経験した者だけが、次の勝利への執念を持つことができる。

水嶋は自分の凄さも脆《もろ》さもわかっていない。どんな言葉より、水嶋の記憶に残るはずの自分の一打が、きっと、水嶋のエースとしての一番の力になるはずだ。だから、試合が想像していた以上に過酷でも、絶対に俺は負けるわけにはいかない。勝つんだ、それも、しばらくは眠れないほどの熱い痛みを与えて。賢人は自分自身に気合を入れる。

最後のサーブを打つ前に、横川の声が、今まで以上にはっきり賢人の耳に届いた。

「お前がやるべきことをやれ」

自分は、何のためにここにいる？　賢人は自問する。

今、ここで頂点に立つため。

横浜湊が自分のいるべき場所だったと、横浜湊で強くなったのだと、自分も含めてみんなに証明するために。

賢人は、絶好の球を演出するために、ただ泥臭く、汗にまみれ足を動かし、ラリーの主導権を狙い続ける。

そして手にした、おそらくこのラリー、最初で最後のチャンス。

想いのすべてを注ぎ込み、渾身《こんしん》の一打を水嶋の右肩めがけ打ち込む。反応できず力尽きた水嶋が、コートに無様に転がった。

その瞬間、会場には溢れんばかりの歓声が広がった。

結局、三冠を手土産にしても、里佳さんには振られた。

大事な弟を、晴れの舞台、テレビカメラの前であんな目に遭わせたのだから当たり前かもしれない。

けれど、手に入らないからといって、嫌いになったり諦めたりできるものではない。

「お前は、本当に茨の道が好きだなあ。感心するよ」

デートをきっぱりと断られたメールに、それでも未練たっぷりの返信をする賢人を見て、横川が苦笑交じりに、賢人の背中をたたく。

「お前も一緒に歩いてくれるだろ？」

「嫌だよ。道の向こうにいるのはお前だけの女神様だろ？　なんで俺まで傷だらけになって、茨を切り開いていかなきゃならない？　自分だけで頑張れ」

あいかわらず横川は、賢人の願いをあっさりと断る。コートの中では、あれほど賢人に献身的なのに。

「一人じゃ、無理だよ。手強すぎる」

偉そうな態度がいけないのかもしれないと、上目遣いに泣きついてみる。

「じゃあ、諦めろ」

結果は同じだった。

「パートナーのくせに、冷たいぞ」

「コートの中では、命がけでお前をフォローする。けど、コートを出たら、俺は俺の道を歩く。できればのんびりとした田舎道を、俺は歩きたいね」

横川がどうにも冷たいので、仕方なく、賢人は水嶋になんとかしろと頼んだ。というか八つ当たり気味に命令した。

結局、それが功を奏した。

さすが弟だ。女神様に願いを聞き入れてもらう術《すべ》を知っているらしい。

横浜に戻ってからすぐ、里佳さんからメールをもらった。

よかったら、一緒に映画を観《み》ない？　何がいい？

夢のような一日だった。

横浜のみなとみらいで映画を観て、少し遅めのランチに高校生には上等すぎる店で評判のランチコースを食べ、そのあと山下《やました》公園まで、ジェラートを食べながら歩いた。

二人で並んで歩いていると、やたらと他人の視線が気になる。

「やっぱり、里佳さんて、目立つんですね」

「ええ？」

「だって、みんなチラチラ見ていくから」

里佳が、クスッと笑う。あ、いいな。こういう顔もかわいいな。

「遊佐も、亮と同じだなんて、意外」

「どういう意味ですか？」

「自分のことがわかってないっていうこと」

「はあ」

「私じゃなくて、遊佐が目立ってるのよ」

　まさか。いくら俺がバドミントン界では王子様扱いでも、みなとみらいで、人目を引くほどの容姿ではない。バドミントンの成績があってこその、限られた世界での王子様扱いにすぎない。それに俺の顔など、バドミントンマガジンの表紙に二度ほどなったことがあるくらいで、一般人に知られているはずもない。

「もし、遊佐が野球をやっていて、同じように甲子園で活躍していたら、きっと今頃、こんなふうに誰かと街を歩けないほどの人気者になってたと思うよ」

「そんなこと」と言って、あわてて表情を引き締める。ここでにやけちゃダメだ。里佳さんに振り向いてもらえなければ、誰にモテたって意味がない。

「遊佐は格好いいしバドも日本一で頭もいい。志も高く努力家。ほぼ満点の、とっても素敵な男子だよ」

　頬が火照《ほて》り、少し意識も朦朧《もうろう》としてきた。

「でも、やっぱり、遊佐の彼女にはなれない」

　一瞬で体温が下がる。

「やっぱり、水嶋ですか」

「亮のことは、これからは、ちょっと距離をおいて見守ろうかなと思ってる」

「じゃあ、なんで」

「祐介が言ってたけど、私が、遊佐の勝利の女神だって。本当?」

横川、おまえいつの間に、そんな余計なことを。っていうか、俺に無断で里佳さんと話をするとはどういうことだ。しかも、祐介なんて呼ばれてうらやましすぎる。

けれど、今はとりあえず、里佳さんとの会話を続けないと。

賢人は、はいと、照れながら頷く。

「なら、私は女神のままでいたいな。遊佐には、目標をもっと高く、果てしなく高く持って欲しいから。インハイの三冠ぐらいで満足して欲しくない」

明るく弾《はじ》けた笑顔で、けれど目にはとても真剣な色をこめて、里佳さんが笑った。

「私には大切な人がいる」

よく知ってます。そいつのことは。

「でも、もう一人、その人が夢を追って高みへ上っていくのを、いっぱいの期待をこめて見守りたいと思う人ができた」

それって俺のことですよね、と賢人は訊き返したかったけれど、さすがに空気を読んで黙っていた。

「私も自分の夢を追いかけて頑張るつもり。道は違っても、志は同じはずだから」

里佳さんの見ている夢は、きっと自分が想像できないほど大きなものなのだろうと、賢人は思う。

「だから今は彼女にはなれない。もう少し女神でいさせて欲しい」

これは、断られたわけではないようだ。

今は、もう少し、この言葉たちには将来への含みがある。

よし、それなら何も悲しむことも諦めることもない。里佳さんといつか共に歩くのに相応しい夢を持ち続け、走りきるしかない。それが、この人に恋をした自分の代償なのだから。


夏休みが終わる頃、賢人は横川と同じ青翔《せいしょう》大学に進むことを決めた。

世界に一歩でも早く近づくためには、大学には行かず実業団でプレーするほうがいいのでは、と何度も思い悩み考え抜いた末に大学進学を決めた。

父も、賢人の考えと決意を聞いたうえで、それに賛成してくれた。

将来は海老原先生のように教師になり、指導者としてバドミントンに関わりたいと思っている横川は、早々にスポーツ推薦で青翔大学に進学を決めていた。

横川は、横浜湊に決めた時と同じように、決断してからさらに、勉強にもバドの練習にも励んでいる。

実業団に行けば、おそらくシングルスに専念することになるだろう。さらなる活躍を賢人に望んでいる周囲の思いを賢人もよく理解していた。そしてそれに応えるべく努力するつもりもあった。

けれど、賢人は、横川とのダブルスにまだまだ大きな可能性を感じていた。ダブルスを続けたい、そして続けるのなら、パートナーは横川しかいない、その想いは、最後のインターハイの後、賢人の中で日増しに強くなっていった。

「お前と同じ大学に決めた」

国体に向けての練習終わりに、自販機の前で賢人は横川にそう告げた。

横川は、賢人の言葉にずいぶん驚いた顔をした。

それが賢人には意外だった。

「お父さんのチームに入るんだと思ってた。大学に行くにしたって、お前にはもっと選択肢があるだろう」

「まあね」

確かに、偏差値のとても高い、それでいてバドミントンもかなり強い大学や、授業はほどほどに、とにかくバドミントンに専念できる環境を保証してくれる大学からも、賢人は熱心に誘ってもらっている。それに国立大学への進学も、賢人の成績なら十分に望めた。

けれど、そこに、横川はいない。

横川が横浜湊でダブルスに専念した一番の理由は、賢人のわがままで超攻撃的なバドミントンを最大限に活《い》かせるよう、自らのプレースタイルを再構築するためだ。そうまでして、横川は日本一のダブルスにこだわった。

だから、横川だって、できればこのまま賢人とダブルスを続けたいと思っているはずだ。

でも、横川は自分の想いを、一言も、賢人どころか他の誰にも言わなかった。

ただ淡々と、自らの進路だけをさっさと決めた。まるで、賢人の重荷になるのは真っ平だというように。

「今、現在、俺にとって一番必要なものがある大学に行くだけだ。できるだけ自分に合った、それでいて質のいい環境でやりたいから」

思い悩んだ末の、それが賢人の心からの言葉だ。

「そうか。なら、一緒にまた頑張ろう」

横川は、ようやくスッキリした笑みを見せてくれる。

「今度は、もっと高い場所まで行くぞ」

「最善は尽くすよ。けど、コートの中の俺には友情も同情もいらない。使えないと思ったら、俺のことは放って、お前は一人で上に行け」

横川らしい言葉だった。

「もちろん、そうするよ」

賢人も、自分らしく答える。

買ったばかりのスポーツドリンクを、賢人は、横川にそっと差し出す。

横川は、それまで固く握り締めていた拳をほどき受け取ると、一気にそれを飲み干した。

第三章　青空を翔《か》け、さらに高みへ

青翔大学、バドミントン部。これが賢人の新しいチームだ。

青翔大は、全国から多種多様な学生が集まってくることで有名な大学だ。

バドミントン部も同じで、他の強豪校に比べ、かなり個性的なメンツが揃っている。

スケールは違うけれど、どこか横浜湊に似ている、と賢人は感じた。

大学は、競技者としてのステップアップの場所だと思っている人間が多いことは、賢人も知っている。そしてそれは、とてもよく理解できる。

バドミントンは、最近でこそ世界ランカーも多く出てきてテレビや雑誌で取り上げられることもあるが、正直、野球やサッカーと比べると、かなりマイナーなスポーツだ。

だから、大学から先の門は一挙に狭まってしまう。限られた時間に結果を残さなければ、すぐ先の将来もない。

当然、高校以上に、ずっと個人の力が重視されている。

横浜湊では、バドミントンはチームプレーだと当たり前のように感じていた。けれど大学では、その想いは徐々に薄れ、チーム内での凌《しの》ぎ合いは、ともに強くなるというより、自分がどこまで強くなれるか、自分はどうやってモチベーションを上げていくのか、自らとの戦いだと感じるようになってくるらしい。横浜湊の先輩たち、中でも特にバドミントトン強豪大学に進学した菱川さんや本郷さんは、そんなふうに語っていた。

けれど、だからといって、あの仲間と競争しながらも支え合い助け合った時間が、甘っちょろい馴れ合いの時間だったとは思わない。あのかけがえのない時間があったからこそ、今、新しい場所で自分は臆することなく自立した戦いができるのだ、と先輩たちはそんな話もしてくれた。

大学進学に関しては、父や母とも時間をかけて話し合った。

「お前の意思を尊重する」

最後に父はそれだけを言った。

「いつでも立ち止まってもいいし、振り返ってもいいのよ。諦めて新しい道を行ったって、恥ずかしいことじゃない」

母は笑ってそう言った。父はその言葉に、少し顔をしかめていた。

賢人は、海老原先生にも相談し、一緒にいくつかの大学の練習も見学した上で、青翔大学を選んだ。

強豪校の中で、よく言えば一番個性的、悪く言えば雑多で自由奔放、それゆえに他にはない妙な熱さのあるチームだった。その熱さに賢人は惹かれた。

もう一つの大きな理由は監督の喜多嶋《きたじま》さんの存在だ。喜多嶋監督は、海老原先生とはまた違うタイプのかなりの熱血漢だ。

選手とともに泣き、笑い、怒り、喜ぶ。そんなタイプだ。

失敗を恥じることはない。失敗を恐れずそこから何を学ぶか、それが大事なんだ、が口癖らしい。

タイプが違っても、その喜多嶋監督の口癖は、海老原先生が横浜湊でずっと賢人たちに見せてくれた姿勢と同じだ。

教師になるためのカリキュラムが整っているから、というのが一番の理由だったかもしれないが、横川も、自分と同じ想いがどこかにあったからここを選んだのでは、と賢人は思っている。

自分たちには、湊魂が染みわたっているから。『勇往邁進』、その精神が自分たちの胸の中から消えることなどない。

そういえば、青翔大学の応援旗は『飛翔』。

初めてこの言葉が染め抜かれた旗を見上げた時、賢人は、ああ俺はやっぱりまだまだ飛ぶんだな、飛び続けるしかないんだな、と思ったものだ。

そして今はこう思っている。

ここを巣立つ時、自分に相応しい場所だったと胸を張れるように一生懸命やるだけだと。


入学して一ヶ月もすれば、賢人のシングルスはもちろん、横川とのダブルスも、すでにトップレベルにあることは、チーム内に浸透していた。

賢人と横川は、日本代表の次代を担うナショナルバックアップチームに招集されていて、そこではもっとレベルの高い競争が繰り広げられていたので、当然といえば当然だった。最低限インターハイに出場経験がなければ、入部さえ許可してもらえない大学もある中、このチームには、さすがに初心者はいなかったが、それでも経験者といっても名ばかりの者もいる。

そうかと思えば、二つ上の学年には、賢人が一年のインターハイで敗れた、遠田岳《がく》がいる。遠田さんもナショナルバックアップチームの一員だ。去年の関東でも東日本でも個人戦シングルスでは優勝を飾り、インカレでは、惜しくも決勝で敗れはしたが、久しぶりの団体三位入賞の立役者となった。そして、何より驚かされたのは、他の日本代表のメンバーが苦戦する中、全日本総合でも、学生でただ一人、ベスト４に食い込んだことだ。

遠田さんは、中学時代は無名の選手だった。当然、スポーツ推薦はもらえず一般枠で埼玉ふたば学園に入ったそうだ。二年で頭角を現し、三年のインハイで賢人を倒し頂点に立った。

高校でグンと頭角を現してきたところは、水嶋によく似ている。違うのは、水嶋は、海老原先生に見出されチームの力で磨きあげられてトップ選手になったけれど、遠田さんは、誰に見つけられたわけでもなく、自分の意志と努力でここまで駆け上がってきたことだ。

遠田さん自身は、次の次のオリンピックを狙っていると公言しているが、国際大会でのポイントも順調に重ね、次のオリンピックへの道も夢ではない場所にまで上がってきている。

「遊佐くんが、うちにね。……いいの？　うちのチーム、バカばっかりだよ。監督もね、というか特に監督はヤバいよ？」

初めて大学の練習で顔を合わせた時、遠田さんは賢人にそう言って笑った。

「慣れてますから」

ここ以上に、バドミントンバカばかりがいるチームの一員だったのだから。

「だよね。菱川がよく言ってるよ。湊って、ここによく似てるって」

菱川さんは、大学は違うけれど、ナショナルバックアップチームで、遠田さんと親しい仲らしい。

「遠田さんは、どうして、ここに決めたんですか？」

「俺は、大学では大学でしかできないことをやりたかったから、かな」

「それって、たとえば？」

「何でも欲張って頑張っちゃうってこと？」

なぜ、疑問形なのか。こういう人を喰《く》ったような態度は、自分自身を見るようだ。

「バドでも、勉強でもってことですか？」

「だけじゃなくって、自分でもチームでも、桜でも日の丸でも、あと友情でも女子でも。まあ諸々《もろもろ》だな」

ちなみに、桜の花は、校花として、青翔大学の象徴に使われている。

「俺も同じです。てっぺんに立ちたいけど、何も犠牲にしたくないんです」

自分の場合、何もっていうか、里佳さんへの想いだけなのかもしれないけれど。

「今年の目標は、チームの優勝。俺は冠、全部、狙ってるけどね」

「はい」

賢人は頷く。チームの優勝。自分も、やはりそこに拘《こだわ》りたい。けど、個人では、できるだけ早い段階でこの人を倒すつもりだ。そうでなければ、来年には同じ土俵に水嶋がやってくる。自分は、王者の座でそれを迎え撃たなければならない。

遠田さんは、大きく口を開けて笑う。

「はいって頷いて、そんな目で負けないからって睨《にら》まれても、困っちゃうよ。本当にバカなんだから」


春のリーグ戦から、賢人と横川はレギュラーに選ばれていた。

けれど、諸事情によりリーグ戦が中止になり、デビュー戦は関東学生選手権になった。ここでしっかり成績を残せば、東日本学生選手権に進める。そして、それが全日本学生選手権、インカレに続く道となる。インカレで二位までに入れば、全日本総合にも出場できる。大事な、初めの一歩が始まる。

賢人はシングルスにも、ダブルスにもエントリーしていた。

目指すは、優勝。どちらも妥協するつもりはない。

最終的なライバルは、シングルスでは首都体育大学の三羽烏《さんばがらす》と遠田さん、湊の先輩でもある早教大《そうきょう》の菱川さんになるだろう。ダブルスでも、シードに名を連ねている首都体大のペアのどれかになるはずだ。遠田さんも同じ三年生の中西《なかにし》さんとエントリーしているが、シングルスほどの凄みはない。どちらかといえば、菱川さんが早教大で組んでいる真鍋《まなべ》とのダブルスの方が手強いかもしれない。

まあ、誰と当たろうが、どこかの段階でてっぺんに立った人たちばかりだ。簡単にはいかない。それでも、自分は一番を目指す。そして、誰もが皆、それを当然と思っている。

ダブルスの決勝は、首都体大の佐原《さはら》・本山《もとやま》組との対戦だった。佐原は昨年もこの大会を別のパートナーと組んで優勝している。怪我が理由で離脱したパートナーの代わりに急遽《きゅうきょ》本山とエントリーしたらしいが、タレント揃いの首都体大では、大会ごとにパートナーが替わることも珍しくない。そのせいか、このペアにぎこちなさはあまり感じない。準決勝では、菱川さんのペアを倒している。それもストレートで。

「手強そうだけど、とにかくやるしかない」

「勝つさ。どんな相手でも」

横川と、応援席の後ろにある通路でストレッチをしながら、いつもどおり大口を叩いてテンションを上げていると、「勝てますよ」「絶対に」と、背中から声がかかる。

耳慣れた、けれど意外な声に振り向くと、そこに輝と水嶋が立っていた。

「お前ら、何やってんの？」

さすがに、横川も驚いた声をあげる。

「ここの大学で、輝は、午前中、ＴＯＥＩＣの試験を受けてたんです。俺は、ただの応援です。菱川さんが、場所と時間を教えてくれて」

ＴＯＥＩＣ？　そういえば、会場校になっている大学の正門から体育館に来るまでの間に、そんな貼り紙を何枚か、見たような気もした。

「そんなことより、これをどうぞ」

輝は、菱川さんたちが戦った、準決勝の佐原・本山組のスコア表と戦況レポートを、賢人の目の前に広げる。

「まず、佐原さんのサーブですが、ほぼ七割がここです。しかも、試合の後半は、浮き気味の球が多かった。今日は暑さが半端じゃないから、相当疲れてもいるようです。サイドへの動きが悪いですね」

相変わらず几帳面な字と定規を使ったように規則正しい図が並んでいた。美しく整ったそのノートを見ているだけで、賢人は勝てそうな気がしてくる。

「それから、本山さんは、今日、ネット前でのミスが多いです。序盤に集中して攻め立てれば、精神的にかなり追いつめることができそうです。あと、このあたり、どうも隙間が空くんです、たぶんまだペアとしてこなれていないからでしょうが」

輝は、早口で、相手の弱点をいくつも並べ立てる。

賢人は、このペアにぎこちなさはないな、と感じていた自分を恥じる。やはり即席ペアにはそれなりに穴があるようだ。それも、言われてみれば結構大きな穴じゃないか。

「輝、ありがとう」

頑張るよ。絶対に勝つ。お前たちの前で、負け試合なんて出来るわけがない。

「なんか、本当に勝てそうな気がしてきた」

横川がリラックスした笑みを見せる。

「先輩たちなら問題ないはずです。相手は上級生ですが、ダブルスの年季が違います」

「水嶋もアドバイスないの？」

横川が今度は皮肉な笑みでそう言うと、「応援、頑張ります。あと、インハイは絶対優勝します」と、水嶋は自分の決意だけを口にする。それから、輝に、あっちにいるからと、賢人たちのチームが陣取っているエリアを指差した。

「あいつ、変わんないな」

賢人が笑うと、輝は、水嶋の背中を見送りながらこう言った。

「変わりましたよ。この間、関東大会で埼玉ふたば学園に負けてから。正確には、遊佐先輩があの直後に練習に参加して下さった時から。……先輩、水嶋くんにアドバイスして下さったんですよね？　感謝していましたよ」

「へえ？」

「おかげで、何でも、先頭に立ってやるようになりました。トレーニングも、応援も、今までずっと受け身だったミーティング時にでも。今まで以上に体調管理に気を遣って、水嶋は、勝つことに貪欲になりました。そうじゃなきゃ、風をつかめないから、いやその前に風を生み出すことさえできないって」

「そうか」

「お前もうかうかしてられないな。水嶋にあれ以上バンバン成長されたら、ヤバいから」

横川の言葉に、賢人は真面目な顔で頷く。

どうやら俺は、将来の最も手強い敵に塩を送ったらしい。まあそれも、自分の成長の糧にすればいいいだけだ。

賢人は立ち上がって、深呼吸をし、心身を引き締める。

いい緊張感がみなぎってきた。

六月にしては観測史上一番の猛暑が連日続いている。体育館の中は、ひどいサウナ状態だ。一試合ごとに半端じゃない汗が流れ体力が奪われていく。

結局どんな大会でも、連戦の果ての決勝は、基礎体力に裏づけされたメンタル勝負になる。

輝のおかげで、精神的にはずいぶん優位に立てた気がしている。

横川も、賢人に大きく頷く。同じように、いい緊張感を保ったままリラックスできたということだろう。

そして、ゲームが始まれば、応援席からの熱い声援が、さらに賢人たちの背中を押してくれる。

この大会に入って、それは初めての経験だった。賢人たち以外のほとんどのメンバーが自分たちの試合を終えたことと、相手が、団体戦ではいつも苦杯をなめている首都体大だったことが理由なのかもしれない。

高校時代には、どんな小さな大会でも、ベンチから、応援席から、仲間の声援があった。けれど大学では、ゲーム自体を含めて全てが淡々と事務的に進行していく。団体戦を経験していないせいかもしれないけれど、自分が勝ち進むために必要なことが優先され、仲間へのサポートは二の次、そんな感触が賢人にはあった。最初はとまどったが、こんなものかとすぐに慣れた。

けれど、やはり、仲間の声が届けばテンションは上がり、連戦の疲れでもつれかけた足もリズムを取り戻す。

水嶋や輝の声もよく届いたけれど、遠田さんが、一番前で、一番声を張り上げている。すぐ後に、賢人とのシングルスの決勝を控えているはずなのに。

あの人、ホント、バカだ。賢人は心の中で何度も笑う。

ゲームは、終始、輝の助言どおりに戦った賢人たちのペースで進み、最後に相手チームはミスを連発し自滅した。

シングルスの決勝を残す賢人は、もっともありがたい展開で、ダブルスの優勝をもぎとることができた。

そして、シングルス決勝。

会場は、また静まり返っていた。応援の声はほとんどない。他大学のメンバーはほとんど会場を後にしたようだし、同校同士の決勝では、チームメイトも声をかけづらいので、これはしかたない。

輝も水嶋も、空気を読んだのか、静かに見守っているようだ。横川だけが、いつもと変わりのない気合の声を、一番前の席からコートを見下ろすように、要所でかけてくれる。

一ゲームずつを分け合って、ファイナルに突入した。

先に11点を取られたけれど、負ける気はしなかった。ところが、立て続けに3点を取られた。すべて賢人自身のミスだった。決まったと思った球が少しずつラインを割っていた。

「ここからだ」

横川の声が飛ぶ。

「一本です」

我慢しきれなくなったのか、水嶋と輝の声が揃って賢人の耳に届く。

そうだ。あいつらが見ているこのコートで、俺は負けるわけにはいかない。

ゲームメイクは悪くない。遠田さんは、こちらの球をすべて見送っている。あの視線は、自信を持って見送ってはいない。つまり、賢人は、自分自身に負けているだけだ。

賢人は丁寧に相手の球を拾いながら、攻撃では、リスクを恐れずネット際《ぎわ》やコーナーギリギリに球を打ち込んでいく。ボディ周りでは、よほど十分な体勢からでないと、今の遠田さんからポイントは取れない。

17点で追いついた。

ネットを挟んで、阿吽《あうん》の呼吸で、シャトルの交換を申し入れる。

審判役の学生が、本部席に新しいシャトルを取りに行っている間に、賢人も遠田さんも素早く水分を補給しタオルで汗を拭き取る。タオルはすでに汗の重みでじっとりとしていて、爽快感は得られない。

カキ氷食いたいな。勝って、帰りに水嶋たちと食いに行こう。

応援席を見上げる。

輝が、親指を立てていた。日本一の参謀が、GOサインを出しているなら、後は、持てる気力と体力で突っ走るだけだ。

ゲームが再開された。

すぐに、拭った汗など無駄だったように、視界が悪くなるほど汗が吹き出してくる。掌では拭いきれない汗が、コートを濡らし足元を危うくした。

23点オールで、コートをモップで拭いてもらう。ここで怪我は絶対に避けたい。

向かい側のコートでは、遠田さんが、少しイラついた顔をしている。追いついて波に乗りかけたところで、賢人がゲームを中断させたからだろう。こめかみを指で押さえてもいた。水分補給が遅れ、疲労から頭痛になることは、賢人も何度か経験したことがある。

もう一度、タオルで汗を拭った後、出来るだけ涼しい顔でコートに戻る。

遠田さんのサーブが珍しく浮いた。賢人は、角度も速さも充分なプッシュを押し込む。さすがに、遠田さん相手ではそれでは決まらなかったけれど、戻ってきた甘い球を逃さず、今度はすっぱり諦めがつくほど鋭い角度にスマッシュをたたきこむ。

「あと一本」

横川と水嶋たちの声がきれいにハモる。

湊の試合かよ。賢人の顔に笑みがこぼれる。

これで決めないと、持っていかれる。いくら遠田さんに弱みが見えても、それ以上に自分の限界が近いということは、誰より賢人自身がわかっていた。

注意深くラリーをコントロールする。もうミスでの失点は許されない。

心がけたことは一つ。自分の打点で打てる場所に素早く確実に入る。入れなかったら、その時点でラリーを持っていかれる。

最後の最後にそれができるかどうかが、勝敗を決める。

絶好の球が返ってきた。

雄叫《おたけ》びとともに、渾身のジャンプスマッシュを打ち込む。狙い通り、遠田さんの右肩に球は飛んで行った。けれど、着地してからすぐに次の準備態勢に入る。ここで油断するようなヘマはしない。

しかし、遠田さんの球はネットを越えず、物凄い勢いでネットに突き刺さった。

ヨシッ、賢人にしては、控えめなガッツポーズで勝利を確認した。

ネットを挟んで握手を交わす。

「俺が勝つはずだったんだけどな」

「今日は、死んでも負けられないから」

「あのバカな後輩たちが来ちゃったから？」

遠田さんは、応援席を見上げて笑う。

「まあ、そうです。けど、輝はバカじゃないですよ」

賢人の真面目な顔に、遠田さんは、へえそうなんだ、と引き気味に応えた。

しかしそこははっきり言っておかなくてはいけない。

輝は、横浜湊バドミントン部を支え率いる、唯一無二の軍師でありリーダーなのだから。


試合終わりに、さっさと帰ろうとする水嶋たちを引きとめ、横川と遠田さんも一緒に、賢人は駅前のファミレスに乗り込んだ。カキ氷がなくてがっかりだったけれど、代わりに、ドリンクバーで山盛りの氷にコーラを入れ、チーズケーキを頼んだ。

輝は、賢人と遠田さんの試合も、同じようにスコア表とレポートを作り上げていて、遠田さんは、対戦相手の賢人も気がついていなかった弱点を細かく指摘され、目を丸くしていた。

「君、うちにおいでよ、っていうか来てくれない？」

輝は、はにかんだ笑みを浮かべる。

「輝は、横浜湊の特別進学コースで首席なんです。志望校は東大です」

だから、代わりに賢人が胸を張って答える。遠田さんは、さらに目を見開く。

「マジ？」

「はい。インターハイが終わったら、受験勉強に専念するつもりです」

「横浜湊、奥深いね。……じゃあ、水嶋くんは？」

「俺は、まだ進路は何も」

「じゃあ、うちも考えてよ」

「けど、たぶん、青翔には行きません」

「どうして？」

水嶋は、賢人をまっすぐに見る。

「こいつは、俺のこと、面倒くさいんですよ」

賢人がそう言うと、水嶋は、低い声でぼそっとこう答えた。

「遊佐さんと、真っ向から戦いたいから」

遠田さんは、なるほどと頷く。

「やっぱ、一人を除いて、バカばっかりだな」

ファミレスに、水嶋以外の笑い声が重なる。

その後、遠田さんは、嘘か本当か、合コンがあるからと先に帰った。

「今日は、来てよかったです」

元のチームメイトだけになったからなのか、少しリラックスした調子で水嶋が言った。

「そうか」

「あの最後の一打、俺へのメッセージですよね」

去年のインハイの決勝打を彷彿《ほうふつ》とさせるような、あのスマッシュ。水嶋のために演出した一打だと、やはり気がついてくれたようだ。

「俺の一打っていうより、遠田さんのレシーブがね」

賢人の答えに、水嶋は、納得したように大きく頷く。

遠田さんの球はネットを越えはしなかったけれど、ほんのわずか、コースがずれていただけだった。越えていれば、攻守が逆転するほどの威力があった。

「あの体勢からでも、攻撃的に返せるっていうことですね」

「そうだ」

「ありがとうございました」

水嶋は深く頭を下げた。

「優勝旗、繋《つな》げろよ」

その頭を軽く押さえながら横川が言った。


「おい起きろ。早く支度しろ」

大学の寮の部屋でぐっすりと眠っている横川に、賢人は大声で偉そうに命令する。

「はあ？」

横川は寝ぼけ眼《まなこ》で、賢人を見上げている。

「岩手に行くんだろうが。……お前、今日から、横浜湊の連覇をかけた戦いが始まるんだぞ。もっとピリッとしろよ」

「いくらなんでも今日は負けないだろう。明日のベスト8に間に合うように、今日の夕方の新幹線予約したって言ったよな、俺、お前に」

目が覚めてきたのか、横川は、いつも面倒なことは何でもかんでも自分に押し付ける賢人に、文句を言い始める。

「今、午前五時だぞ。人の睡眠時間、勝手に削るなよ」

けれど、賢人は横川のちょっとした不平不満など、聞く耳を持っていない。

「予定変更だ。今から行く」

「なんでだよ」

「里佳さんの飛行機が、もうすぐ成田《なりた》に着く。それを出迎えて、一緒に岩手へ行くんだ」

「里佳さん？　確か明後日《あさって》まで、グアム旅行だって、言ってなかった？」

「予定を変更して今日戻ってくるんだ」

「へえ」

「へえ、じゃないよ」

「なら、お前だけが迎えに行けばいいだろ。二人きりで岩手に行けよ。最高のデートじゃん。俺は、予定通りに新幹線で行くから」

そう言って、横川は布団を頭からかぶる。

それをもう一度めくりあげて、「俺には運転免許がない」と、少し大きな声で横川の耳元に向かって叫ぶ。

「お前、俺を岩手までの運転手にするつもりか？　しかも成田経由で」

横川は、あきれ声を上げる。

「いや、とりあえず高速バスで成田まで行って里佳さんと合流する。空港でレンタカーを借りるから、お前の出番はそこからだ」

賢人にとっては慣れっこのため息を、横川はつく。

「何が出番だよ。嫌だよ。岩手まで車で何時間かかると思ってるんだ」

「里佳さんは、旅行帰りだ。荷物が多い。車の方が便利だろう？」

「まあな」

「それに心配するな。里佳さんも免許は持ってる。しかも、運転は上手い。ちゃんとお前と交替してくれるさ。二人だったら、そう大変でもないだろう？」

結局、文句を言いながらも、横川はてきぱきと身支度をして、一時間で出発の準備を整え、成田行きの高速バスに賢人と一緒に乗ってくれた。

おまけに、携帯電話からレンタカーの手続きまで済ませてくれる。空港から車だと言ってたくせに、予約もしていないのかよ、と愚痴りながら。

やっぱり横川は頼りになる。コートの中でも、コートの外でも。

里佳さんが、リゾートにはピッタリの少し大胆なワンピース姿で、大きなトランクを押しながらゲートから出てきた。

賢人が小さく右手を上げると、里佳さんはまぶしい笑顔を見せて、少し足早に賢人たちに向かって歩いてくる。

「祐介、ごめんね。面倒かけて」

なんで、横川の方から挨拶？

「いいんですよ。里佳さんこそ、予定変更して大変だったでしょう？」

「だって、遊佐が、亮の頑張ってる姿、ちゃんと見ろってうるさいから」

どうして、横川は祐介って名前で呼んでもらえるのに、自分は遊佐って、いつまでも苗字呼びなわけ？

ムカつきながら、それでもなるべくそれが表情に出ないように、賢人は無理に笑う。

里佳さんはそんな賢人に視線を移すと、「ただいま」と言って、小さく微笑んでくれた。

えっ？

ただいま、っていうことはどういうこと？　やっぱり、自分の元に戻ってきたということになる？

賢人は、とたんに、どぎまぎして頬が熱くなる。

興奮しすぎて何がなんだかわからなくなって黙っていると、横川が、いつもなら背中や肩をポンと叩いて気合を入れてくれるのに、今日はなぜだか賢人のお尻に膝でけりを入れる。

「なんだよ、痛いじゃん」

知るかよ、とでもいうように横川は賢人を見る。それから、早く返事しろよ、と視線で賢人を促す。

「あの、おかえりなさい」

「うん」

里佳さんはやっぱり、可憐《かれん》に微笑んでいる。

「はい」

「はい？」

なんだよ。お前は中二かよ。会話が成立してないし。横川が小さくそうつぶやきながら、会話を引きとってくれた。

「とりあえず僕が運転しますから、里佳さんはしばらく車で休んでください」

「大丈夫。先に私が運転するよ。飛行機でも十分寝たし」

その言葉どおり、レンタカーの手続きが終わると、里佳さんは、颯爽《さつそう》と運転席に乗り込んで行く。あわてて賢人は助手席をゲットする。いや、あせらなくても、横川は賢人に助手席を譲ってくれるだろうが。

里佳さんは、運転が苦にならないのか、ハンドルを握りながら小さな笑みを浮かべなんだか楽しそうだ。

賢人は助手席に座り、里佳さんに言われるままに音楽をセレクトしたり、横川が用意してくれていた飲み物や食べ物を差し出したり、まめまめしく働く。

横川は、後部座席で最初はおざなりにでも会話に参加していたけれど、そのうち本格的に眠ってしまった。

里佳さんと同じ空間に閉じ込められているのに、あんなにあっさり眠れるなんて、横川はどういう大胆不敵な神経をしているんだ、と賢人は感心する。

自分は、シートベルトをしているのに体が浮き上がってしまいそうで、運転もしていないのに心も体も緊張しっぱなしなのに。

しばらく、その緊張の中とはいえ、里佳さんとのドライブを楽しんだ。

「で、どうなの？」

黙ったまま運転に集中していた里佳さんが、唐突にそう尋ねてきた。

「何が、ですか？」

「横浜湊のインハイ連覇に決まってるじゃない」

「正直、厳しいですね。関東大会でも埼玉ふたばに負けてますから」

「そうなんだ」

里佳さんは、ハンドルを握りまっすぐ前を見つめたまま、小さくため息をつく。

「水嶋次第なんです」

そう、今のチームは良くも悪くも水嶋次第なのだ。ツインズのダブルスと松田のシングルスは安定している。必要なのはあと一勝。その一勝をとってくるのは、榊と水嶋のダブルスか水嶋のシングルス。つまり、水嶋の調子次第でチームの勝利が決まる。

「関東も亮が負けて、それでダメだったんだよね」

関東大会の直前、水嶋はウイルス性の胃腸炎にかかり、高熱と嘔吐《おうと》で一週間も練習ができなかった。快復したとはいえ、本来ならコートに立てる体力ではなかったはずだ。それでもあいつは、気力だけで決勝の最後のダブルスのコートまで、一度も弱音を吐かず勝ち抜いた。

ファイナルの死闘の末、負けた水嶋と榊を責める者は誰もいなかった。むしろ、そこまで水嶋を追い込んだ自分たちを、ベンチも応援席も含めてチーム全体で恥じていた。

けれど、ここで水嶋をかばっても無駄だろう。

里佳さんだって、いや里佳さんは誰よりそんな水嶋の事情を知っている。その上で、「体調管理もできないなんて、アスリート失格ね」などと、口にするはずだ。

そしてそれは、事実でもある。

病気も怪我も、不慮の事故でさえ、アスリートにとっては自己責任だ。コートの中では、どんな言い訳もできない。できることは、全力で戦うことだけ。そのことは、水嶋自身が一番よく理解している。

だから水嶋は、関東大会の後、大きく変わったと聞いている。賢人の助言のおかげだと輝は言ってくれたけれど、それだけじゃないはずだ。敗北の中から、あいつは自分に何が足りないのか、ここから何をすべきなのかを自分で考えつかんでいったのだろう。

それまで、誰かにずっと背中を押してもらいながら駆け上ってきた階段を、今は、自らが先頭に立って駆け抜けている。

「他のメンバーの調子はいいの？」

「ツインズは絶好調らしいです。実は、この一年で一番強くなったっていうか安定したのはあいつらなんです。粘り強く負けない試合運びができるようになった」

「それは心強いね」

賢人は頷きながら、里佳さんの横顔を眺める。どこから見ても里佳さんはきれいだ。でも、左から見た横顔が一番だなと思う。

「確実な一勝のためにツインズが第二ダブルスに回るという選択はあるかもしれないですね。相手の駆け引きもあるからどちらと当たるかはわからないけど。どっちにしても、水嶋と榊のダブルスは厳しいと思います。後のシングルスもあるし」

「一つ犠牲にする覚悟で、ダブルスを控えの子に任せて、亮と榊くんはシングルスに体力を温存すればいいんじゃないの。だって松田くんも勝てるんでしょう？」

「松田は勝ちます。向こうの第一シングルスには、松田は一度も負けてない。それどころか一ゲームもとられていませんから」

でも、おそらく水嶋と榊は、真正面から戦う。海老原先生も、そこは駆け引きなしで送り出すはずだ。

「あいつらは、絶対にダブルスのコートに立つよ」と、目が覚めたのか、横川がふいに話に割り込んでくる。

「どうして？　駆け引きも必要でしょう」

「駆け引きは必要です。でも駆け引きの種類によっては、失うものが大きすぎることがあるんです。特にインターハイのコートでは」

「失うもの？」

「水嶋と榊のダブルスが、今の横浜湊の要っていうか、魂そのものだから」

さすが横川だ。いいことを言う。

「二人が戦う姿が、みんなのモチベーションを上げるっていうこと？　でも、負けたら逆効果じゃない」

あの場所を経験したことのない里佳さんにうまく説明する言葉が見つからなくて、賢人も横川も黙りこむ。同じコートで同じように汗を流した者にしかわからない、そういう想いを言葉で伝えるのは難しい。

負けても仕方がない、とは言えない。二人のダブルスが負けたら、当然、連覇は厳しくなる。関東大会で負けたのもそのせいだ。でも戦わなかったら、逃げたら、おそらくシングルスでの戦いはもっと厳しくなる。いや、戦う機会さえ失うかもしれない。

チームとしての体力と気力のバランスは、それほど難しいものなのだ。

俺は恵まれていた、賢人は心からそう思う。

気力を保ったまま体力を温存する余裕が、チームにあったのだから。たとえそれが自らの強さで創り出した余裕だとしても。

次元の違う強さにいた賢人と横川が抜けた穴を、横浜湊は今になっても埋めきれずにいる。それは厳然たる事実だ。

その穴を必死になってカバーし続けているのは、もちろん輝のマネジメント力があってこそだが、やはり、水嶋と榊の高みに挑む姿勢と勝利への執念だ。仲間は、二人の気合に引っ張られ、ここまで上がってきた。

ツインズの安定感も松田の強さも、二人の創り出すモチベーションがあってこその賜物だ。

「そういうとこ、わかんないのよね」

里佳さんは、メンタルがゲームに大きく影響するということを理解していても、実感できないらしい。

「だからこそ、里佳さんに見て欲しいんです。水嶋の、あいつが引っ張ってきたチームの戦う姿を」

「見れば、わかるものかしら？」

わかる、というか感じるはずだ。

今、賢人や横川の視線は、日本代表として世界を見ていることの方が多い。普段は、横浜湊の思い出に浸ることなどない。そんな余裕はないからだ。

けれど、インターハイ、団体戦は別だ。苦しいとき、辛いとき、賢人自身も何度もあの時の様々な場面を思い出す。甦《よみがえ》る高揚感に、何度救われたことだろうか。

あのコートには、あそこでしか味わえない特別なものがあった。いつもは自分たちの奥底にしまいこんでいる色々な想いが、思い描くだけで一気に噴き出してくる。

滴り落ちる汗、シャトルをつかんだ瞬間の音、ステップのスキール音、自らに何度も入れる気合の声。そして仲間の声。ずっと支えてくれた、そして今も、たとえそばにいなくても支え続けてくれている仲間の声。

すべてが自分の宝物だ。

賢人は、黙ったまま後部座席にいる横川を振り返る。

横川は、うんうんと頷いてくれる。

ツインズほどじゃなくても、以心伝心、俺たちだって結構いい線いってる、と賢人は思う。

「なんか疲れちゃったな。そろそろ、運転替わってくれる？」

里佳さんの声に、横川は、ミラー越しに頷く。

「じゃあ、次のパーキングで止めて下さい」

パーキングで軽くお茶休憩をとった後、今度は横川がハンドルを握った。

その後、里佳さんは後部座席で黙りこんだまま、同じような風景が続く窓の外をじっと眺めていた。

　横川は運転に集中し、賢人は眠った。いや、眠った振りをするために目を閉じていた。たいした渋滞に巻き込まれることもなく、宿泊予定の岩手のホテルに到着した。同じホテルに先に来ている両親と合流するという里佳さんを部屋まで送った後で、賢人と横川は、夕食を食べるために外に出た。

「陣中見舞いに行く？」

　横浜湊が宿泊している宿舎も、ここから徒歩圏内だった。

「明日、あいつらが団体優勝を決めてからにしよう」

「だな」

　部長の輝から、今日の戦いを無事に終えベスト8に残ったことは、ＬＩＮＥで報告を受けていた。当然だけど、こんなところで負けていては話にならないのだけれど、やっぱりホッとした。

　見知らぬ街をしばらく行き当たりばったりに歩いていると、スマホに新しいＬＩＮＥの通知が表示される。

「里佳さんが、明日、一緒に会場に行こうってさ」

「ご両親と行くんじゃないのか？」

「俺たちと、少し早めに行きたいって。水嶋たちが戦闘モードに入る前に声をかけたいらしい」

「水嶋、びっくりするだろうな」

「周りのほうが驚くだろう。超絶美女に、あの水嶋が手なんか振られたら」

「見ものだな」

二人は顔を見合わせ、同じ笑みを浮かべた。


朝早いせいか、里佳さんはノーメイクだったけれど、その美しさに翳《かげ》りはない。

「里佳さん、その格好で、体育館ですか？」

賢人が呑《の》み込んだセリフを、横川は平気で声にする。

「急に予定変更したから、リゾートっぽいワンピースしかないのよ。これでも一番地味なのを選んだんだけど。……目立つかなあ」

おそらく、誰より。

去年なら会場は南国沖縄だったから、リゾート仕様でも目立たなかったかもしれないけれど、今年は北国岩手だ。

「どうせ、目立つんだから同じですけどね。里佳さんは、どこでもどんな格好でも目立ちますから」

横川は、いつからこんなセリフをさらっと言えるようになったんだろう。賢人と同じでバド漬けの毎日なのに。

「祐介、お世辞が上手になったね」

「はい。エッ、いやあ」

　今までなら、こんなふうに里佳さんと横川がじゃれあっていると、すぐにムカついたけれど、今の賢人は平気だった。里佳さんは、賢人にだけ、ただいまと言ってくれたのだから。

　会場に到着すると、まず海老原先生を捜し挨拶に出向く。先生は少し離れた場所で頭を下げている里佳さんを見て、「ほう」と言って、賢人に向かって例の食えない笑みを浮かべる。

　先生に教えてもらった場所で、チームメイトから少しだけ離れて、水嶋は榊と組んで体を温めていた。里佳さんが大きな声で水嶋の名を呼び手を振ると、水嶋は、口を半開きにしながら目を丸くした後で、面倒くさそうに小さく頷いた。

　もっと感激しろ。お前の勇姿を見せるために、どれほど必死で里佳さんを説得したと思ってるんだ。賢人は心の中で毒づく。

「応援席に移動するか」

　三人で会場を見回すと、マネージャーの櫻井《さくらい》花《はな》が、横浜湊の応援幕を守るように、下級生を従えて座っている姿がすぐに目に入ってくる。

「あそこだ」

「あいつ、なんか貫禄《かんろく》でてきたな」

「あの子がハナちゃんね？　可愛《かわい》いわね」

里佳さんが微笑む。

櫻井花は、その名のとおり、バド部の花だ。といっても花のように可憐なだけではない。櫻井のバドへの情熱は半端じゃない。選手の誰より早く練習にやってきて、最後まで体育館にいる。選手一人一人の体調管理やメンタル面でのケアにも細やかな心遣いを見せるので、監督や部長の輝も絶大な信頼を寄せている。

バド部の誰もが、卒業生も含めて、そんな櫻井の秘め続けている、それでもバレバレの水嶋への想いが、いつか叶うことを願っていた。

「櫻井！」

横川が声をかけると、櫻井は立ち上がって、満面の笑みで三人を迎えてくれる。

「先輩たち、来てくれたんですね」

「もちろんだよ」

「あの？」

櫻井が里佳さんを見つめて戸惑っているようだ。

「こちら、水嶋のお姉さんで、水嶋里佳さん」

賢人が里佳さんを紹介する。

「ええっ」

櫻井が、大げさすぎるほどに仰《の》け反る。

「亮がお世話になってます」

里佳さんにそう言われた櫻井は、真っ赤になって、こちらこそと頭を下げる。

もしかして、水嶋と何か進展があったのか？

いやないな。あの水嶋に限ってそれはないか。


「出てきたぞ」

「おっ、あいつらいい顔してんな」

「頑張れ」

横浜湊の応援席から、次々と興奮した声が聞こえてくる。

横浜湊は、準々決勝、準決勝と、ツインズ、太一と陽次のダブルス以外はファイナルゲームにもつれ込んだ試合もあったけれど、それでもハラハラするほどに瀬戸際まで追い込まれることはなく、無事に決勝に勝ちあがってきてくれた。

そしてこの決勝のコートにも、全員が疲れた様子など全く見せず誇らしげな表情で入ってきた。

さすが輝だ。みんなが本番でテンションを最高の状態に持ってこられるのは、あいつのおかげだ。俺たちもそうだった。一つ年下の輝に、上手にコントロールされ、沖縄の、あの決勝のコートで最高のパフォーマンスを見せることができた。

「チームのモチベーションはいいようだな」

「今年は、一番の問題児のお前がいなくなったんだから、やりやすかっただろうな」

横川のよけいな一言に、櫻井と里佳さんが声を揃えて笑う。

決勝は、三面を使って、三ゲームがほぼ同時に行われる。

第一ダブルスのコートには、水嶋と榊が入っていた。

「あいつら、逃げなかったな」

「当たり前だ。そんな柔な奴らに、優勝旗を託してきたわけじゃない」

第二ダブルスのコートにはツインズが、第一シングルスのコートには松田が入っていた。

松田の基礎打ちの相手をしているのは、次のエース候補、春日《かすが》だ。昨日の試合では、何度か第一シングルスで出場し、勝利を手にしたと聞いている。この上なくいい経験になったはずだ。

だけど春日、昨日のことは忘れて、今のその感触を一番しっかり心と体に刻んでおくことだ、賢人は心の中でそう告げる。

インターハイの決勝のコートに立てるのは、本当に限られた人間だけだ。

今は試合には出られなくても、お前が自分の足で踏みしめたその感触は、これからのお前の一番の財産になる。それを糧に、これから水嶋のチームがお前たちに見せてくれるものを、お前のチームが繋ぐんだ。

「あっちも真っ向勝負のようだな」

埼玉ふたば学園も、ベストメンバーを予想通りのコートに配置していた。

「オーダーに関しては駆け引きなしか」

「今日の水嶋と榊のダブルスの調子は、上々だからな」

　この二人が本調子なら、ツインズと実力差はほとんどない。相手もそのことをよく知っているはずだ。どちらが相手でも、勝ちが見込めるのは一ダブのエースペアだけ。それなら慣れたオーダーで戦うのがベストだという判断だろう。

　いつもと同じように、息の合った基礎打ちを始めた水嶋と榊の姿を、緩く腕を組みながら見ていた横川の表情が、急に変わった。

　どうした？　賢人は視線で横川にそう尋ねる。

「あいつらのユニフォーム」

　賢人も身を乗り出すように、二人を見つめる。二人のユニフォームだけ、他のメンバーより、少しその青が色褪《いろあ》せている。

　二人は沖縄で遊佐と横川が身につけていたユニフォームを着ていた。初めての団体優勝の記念にと、二人が部に残していったものだ。

「榊、お前に俺のユニフォームは小さいだろう」

　横川は笑おうとして、笑えなくて唇をゆがめる。賢人の胸にも熱いものがこみあげてくる。共に戦った仲間だけが分かち合える想いが、コートから応援席の賢人たちに伝わってくる。

　基礎打ちを終えた二人は、自分たちのコートでそれぞれのポジションについていた。

　賢人はまるで自分がコートにいるように、大きく深呼吸をする。

その直後、主審の声が響いた。

「ファーストゲーム、ラブオール、プレー」

長く、厳しい、それでも見ている自分たちも体中が熱くなるような、心躍るゲームの始まりだった。


別のコートで行われていた二試合、ツインズのダブルスと松田のシングルスの試合は、すでに終了していた。二試合とも、接戦ながらファイナルにもつれ込むことなく、横浜湊が勝利を手にしている。

当初の予想通り、水嶋と榊のコートの試合だけが、激闘となりもつれにもつれ込んでいた。

一ゲームずつを取り合い、ファイナルゲームも一進一退が続き、もう何度目の同点を迎えたのか、見ている賢人たちにもよくわからない。

「一本」

「集中」

賢人たちは、何度も同じ言葉をコートの二人に投げかけた。二人もそれに呼応するように気合の声をあげ、ラケットを握る手を持ち上げる。

相手のサービスミスで1点をリードして、最後のラリーは榊のサーブで始まった。

榊のサーブは、この一年で本当にうまくなった。毎日居残るように苦手なサーブの練習に努めていた榊に、水嶋と輝が根気よく向き合っていたらしい。

球は、低めのいい弾道を描いて相手コートに飛んだ。その上、榊のちょっとしたフェイクの動作につられるように、リターンは、榊が意図した通り水嶋が待つ場所に押し込まれてきた。

駆け引きをほとんどしない榊だからこその、意表をつく有効なプレーだ。

「あいつも、頭を使うようになったな」

横川が、にんまりと笑う。

これで最初の主導権が水嶋たちの手に入った。

二人は、球をコントロールしながら、決定的な一打を狙い続けている。体力的には限界に近づいているはずだ。一瞬の判断ミスで、主導権は相手に移ってしまう。見ている自分たちも気が抜けないラリーが続く。

ノーロブ。

昨夜、最後のゲームに臨む前に、水嶋は仲間にそう宣言したらしい。高い球を上げるな、ということじゃない。逃げの球は打たないという決意だ。

榊や他の仲間は笑って頷いたはずだ。どんなに苦しくても絶対に守りに入らない。それが、横浜湊というチームで育まれた共通の想いだった。

当然、水嶋は、相手の厳しいスマッシュを、ロブではなくドライブで返した。その瞬間に、榊が炎を背負ったような気迫で前に出る。そのプレッシャーが半端じゃなかったせいで、相手もドライブで応酬するつもりだったはずだが、そこにわずかに躊躇《ちゅうちょ》が入った。結局、ドライブ気味ではあったけれど、コースも威力も中途半端な、上ずった絶好の球が水嶋に戻ってきた。

次の瞬間、最後の力を振り絞るように体をしならせた水嶋のラケットから、強烈な一打が打ち込まれた。

球は、前方の選手の右肩に物凄い勢いで飛んで行く。

なるほど。ここでそう来たか。

やるじゃないか。

相手は、水嶋や遠田さんのように、その球を返そうとはしなかった。とっさに、身をよじるようにその球を避《よ》けた。球がラインを割ることを願ったのだろう。けれど、水嶋の球は、チームの気合とともにラインの内側に突き刺さった。

線審のインの動作の瞬間、ウォーという歓声が会場全体に広がった。もちろん、賢人も横川も立ち上がってガッツポーズを繰り返した。

その後、湧き上がった拍手の音をものともせず、里佳さんがスッと立ち上がり、「亮、ナイスファイト!!」と、澄んだよくとおる声で叫んだ。一瞬だけど、水嶋だけでなく周囲の視線がいっせいに里佳さんに集まった。

27－25。

ようやく決着がついた。

「お前の姉さん、最高だな」とでも言っているのか、榊が、満面の笑みで冷やかすように水嶋の肩をたたいている。

ところが水嶋は、里佳さんではなくそのすぐ隣にいる櫻井に視線を固定し、誇らしげにスッと拳を上げた。

今まで、ずっと見守ってくれてありがとう。君の応援がなかったら、きっとここまで来られなかった。

たかが拳ひとつで、と思ったけれど、そんな水嶋の想いが聞こえてくるような、とても真摯なしぐさだった。

櫻井は水嶋と視線が合うと、少し驚いた顔をした。そして自分に向けての拳だと理解したのか、その直後タオルで顔を覆った。

「あの子、無愛想で不器用なくせに、あんなしぐさ一つで想いを伝えちゃうのね」

里佳さんがそう声をかけながら、櫻井の背中を撫でていた。

「やっと、ハナちゃんも報われたか」

横川がそっとつぶやく。

コートでは、榊がまた何やら水嶋に言葉をかけていたが、水嶋は、照れくさかったのか、いつもより一段とぶっきらぼうな態度で勝者サインに向かって行った。

ベンチに目をやると、いつもどんな時でも穏やかな笑みを浮かべている輝が、声をあげて泣いていた。それほど、この優勝への道は険しく厳しいものだったのだろう。つられるように、賢人にも熱いものがこみあげてきた。涙を堪《こら》えるために、自分の両頬をパンパンとたたく。

「泣いたっていいんだぜ。遠慮するな。俺の胸貸すから」

横川が、自分も涙を堪えているくせに、そう言っておどけた身振りで腕を広げた。おかげで、スッと涙が引いた。

「遠慮しとくよ。若干汗臭いし」

そう言ってから、賢人はもう一度コートに向かって拍手を送った。

その日の夜、団体優勝を祝う会が、横浜湊の宿舎の食堂で開かれた。もちろん、明日からの個人戦を控えての、ささやかな乾杯程度の会だ。乾杯のジュースは、賢人と横川からの差し入れだった。

大学に進んでからは、日本代表としても活動している賢人たちが、母校の横浜湊に顔を見せる機会はあまりなかった。とはいえ、自分たちのリフレッシュのためにも、あの体育館に出向いて後輩の指導にあたることはある。

横浜湊の全国制覇を初めて成し遂げた立役者の賢人たちの訪問は、新しく横浜湊に入ってきた下級生たちからは、大きな拍手と歓声で迎えられた。だけど、水嶋たちにとって賢人たちは、共に戦った仲間であり、ちょっと面倒くさい先輩という位置づけらしい。特に自分は粘っこくてやっかいな奴と思われている、ということは、賢人も十分承知していた。

賢人と横川の顔を見た時、特に水嶋は露骨に顔をしかめていた。

「お前、本当に嫌な奴だな。俺への恨みを他人に返すなんて」

賢人は、水嶋にヘッドロックをかけながら、期待通りにさっそく嫌みを言ってやった。

「まったくあの場面でリベンジって、やってくれるね」

横川も、にやにやしながらそう言った。

「別にリベンジなんか」

シレッとして水嶋は否定する。

「まあ、それにしちゃあ、まだまだのスマッシュだったけどな」

水嶋は、結構イメージどおりのいい感じだったはずだけど、という顔をしているが。

「まあね、あれじゃあ、水嶋が相手ならきっちり返してたね」

横川が、そんな水嶋に真顔でそう言い含める。

「水嶋は、いいよな。水嶋とやんなくていいんだから」

ますます意味不明だというように、水嶋は首を傾げる。

「お前さあ、相手が自分だったらって考えたことある？」

ないに決まってる。そんなありえないことを考えたって意味がない。もし許されるのなら、水嶋はそう言い返したかったのだろう。黙ってはいたけれど、不満そうに唇をギュッと閉じていた。

「それって、めちゃくちゃラッキーなことなんだよ」

「お前に一度負けると、二度と勝てる気がしないからな」

横川が、大きなため息をつく。

「結局、横川がダブルスに専念したのだって、水嶋に負けたからだもんな」

賢人がそう言うと、意外な展開に、「はい?」と、水嶋は声をあげる。

水嶋が訝《いぶか》しがるのは仕方のないことかもしれない。横川がダブルスに専念すると宣言するまでに、水嶋が横川に勝ったのはたった一度だ。しかもランキング戦でもなく、ただのゲーム練習だった。

「たった一度で?」

とんだ言いがかりですというように、水嶋は、首を横に振った。

「たった一打だ」

ずっと内緒にしていた真実を、横川が告げる。

「えっ?」

「その一打で、どうあがいてもお前には二度と勝てないと思った。もちろん、あの時お前たちに言った言葉は本当だけど」

横川は、賢人の弱点とならないために、ダブルスに専念するのだと、水嶋たちに言ったらしい。

「ただし、若干、話を端折《はしよ》った。シングルスでは、遊佐どころか水嶋のレベルにも行けない。おまけに、もう二度と水嶋に勝てる気がしないって思ったたってことをね」

「そんな」

「だから、ある意味、榊はタフな天才だよ。何度負けても何度でもお前に挑んでいくんだから」

横川はため息まじりにそう言った。

「はい？」

少し離れた場所で松田と話しこんでいた榊が、自分の名前が聞こえたので、慌てて振り向いた。

なんでもないから気にするな、というように横川が手を振ると榊はあっさり背を向ける。

水嶋が面倒な先輩たちにからまれていることは、一目瞭然のはずだ。コートを出れば、榊もあっさり水嶋を見捨てるらしい。

「とにかく、お前は横川にシングルスを断念させるほど嫌な奴だっていうことだ。そんな嫌な奴とやらなくてすむんだ。お前は幸せ者だ」

賢人はそう言って、また水嶋にヘッドロックをかけようとした。水嶋はすばやくその腕をすり抜け、「勘弁してください。明日からの個人戦もあるんですから」と言った。

「そのぐらいにしとかないと、海老原先生に睨まれるぞ」

賢人は横川の言葉に渋々頷く。卒業しても、海老原先生の威厳は一ミリも減っていない。

「優勝しろよ。俺たちは練習があるから最後まで見届けられないけど、里佳さんがツイッターで実況中継してくれるからな」

「全力を尽くします」

「尽くすだけでなく、結果を出せ。お前はもうそういう存在だということを自覚しろ」

確かに、シングルスでは、岬省吾をはじめ、一年生ながら全中二連覇の飛田洋一《とびたよういち》、埼玉ふたばの西野《にしの》など、ライバルは多い。そして、ダブルスでの最大のライバルが東山ツインズであるように、同じチームの仲間、松田が、シングルスでも、最も手強いライバルになるはずだ。

だけど、それでも水嶋は頂点に立つはずだ。賢人も横川もそう信じている。

「ダブルスは、決勝で、横浜湊、同校対決の白熱したゲームさえ見せてくれれば、文句はないな」

「シングルスは、絶対に獲《と》れよ」

「だな。飛田や西野は問題ない」

「飛田は、確かにセンスもいいし一年とは思えないほど上手い。けど、パワーも体力も、そして駆け引きも、お前に分がある」

「だから、盗めるだけ盗め。飛田の手首の使い方なんて、盗みがいがあるよ」

「西野は、お前の体調が万全なら大丈夫。っていうか、先に松田か岬が叩いてくれるさ」

「俺もそう思う。あっちの山は、松田と岬のどっちかが決勝に上がってくるな」

「雑誌の記事によればだが、岬は見違えるように強くなったらしいな。沖縄で二回もお前にやられて、それでも這《は》い上がってくるなんて、あいつもかなり嫌な奴だ」

「けど、できたらシングルスも同校対決を見たいけどな」

賢人と横川の掛け合いの後に、水嶋はたった一言、こう答えた。

「頑張ります」

「はん？　さっきからおざなりな返事ばっかだな」

面倒くさい、という表情を、もはや水嶋はごまかさない。周囲を何度も見回して助けを求めていた。ツインズや松田とも視線が合ったはずだけれど、賢人たちを見つけると、みんなわざとらしくスッと視線を逸らす。助けてくれそうな輝は、海老原先生と何やら真剣な表情で話しこんでいる。

その時、水嶋のジャージのポケットでスマホが小刻みに着信を知らせた。

助かった、と水嶋はこれ見よがしにポケットからスマホを取り出し、賢人たちから遠ざかりながら電話に出る。それなのに、どういうわけかすぐにまたこちらに戻ってきた。

「あの、姉貴が、遊佐さんに替わって欲しいって」

水嶋が差し出したスマホを、賢人は、奪い取るように手にする。

横川が、まったく仕方ないなあ、と笑っている。

「あの、姉貴と遊佐さんって、付き合ってるんですか？」

大胆にも、賢人の真横で、水嶋が横川にそう尋ねている。

「うーん、微妙だな」

微妙ってなんだよ。付き合っている、と言っても間違いではないだろう。だって里佳さんは、俺に、ただいまって言ってくれたんだから。

「いい雰囲気ではあるんだけど、はっきりと何があったというわけではないしな」

そうだけど。いい雰囲気だということが大切なのでは？　違うのか？

これでは里佳さんとの会話に集中できない。

「ちょっと黙ってて。向こうの声が聞き取れないから」

賢人の切れ気味の声に、二人は同じように肩をすくめる。

「何、ごちゃごちゃやってるの？　聞こえてる？」

「はい。聞こえてます」

「じゃあ、頼んだわよ」

「車の後部座席に置いてあるセカンドバッグを、届ければいいんですよね」

「確認したら連絡頂戴。遊佐のスマホ、全然繋がらないから、ほんと、不便」

「すみません、充電切れちゃって」

賢人は、まるで目の前に里佳さんがいるように、ペコリと頭を下げ、それから未練がましく電話を切った。

「二人がどうなってるのか、水嶋が心配らしいよ」

それを一番知りたいのは、賢人自身だった。

「いや、別に。ただ、姉貴のどこがいいのかって不思議で」

水嶋は、本当に不思議そうに首をひねった。

「どこもかしこも、全部だろ？　遊佐にとって里佳さんは、お前にとっての櫻井と同じ存在だな」

横川の言葉に、とたんに、水嶋は真っ赤になる。人がこれほど一瞬で顔を赤らめるのを、賢人は初めて見た。

「お、俺と櫻井は、ただのバド部の仲間です」

「嘘つけ、何かあっただろ？　櫻井は、あったって言ってたぞ」

横川は、ニンマリと笑う。

「なわけないでしょう」

水嶋は、そんなフェイクにはだまされませんよと、あっさり否定する。

「お前、本当に、嫌な奴だな」と、横川は笑う。そしてこう続けた。

「まあいいさ。あれもこれも頑張れ。俺たちは、ほんの少し先で、お前を待ってるから。絶対に駆け上がってこい。いいな」

「はい」

水嶋は大きく頷いた。

水嶋はシングルス決勝戦で、観客が総立ちになるほどの接戦を凌ぎ、岬省吾を破った。

そしてツインズは、ダブルスであっさりと水嶋と榊を破り、それぞれが頂点に立った。

里佳さんの実況ツイッターも良かったが、試合後の輝の詳細な動画付きレポートＬＩＮ

Eのクオリティの高さには驚かされた。

インターハイが終わったら、あいつらも次のステップに踏み出す。

榊は三年に進学した頃から進路を調理師専門学校に決めていた。榊の家庭の事情はよくわからないが、両親は二人とも競技経験者で榊のバドミントンには理解があるはずだ。だとすれば、インターハイを最後に、競技者として第一線から身を引くことは、榊自身の強い意思なのだろう。

最初にその決意を聞いた時は、賢人たちも驚いた。けれど、誰よりショックを受けたのは、ずっとダブルスのパートナーだった水嶋だ。

時間をかけて、言葉で、プレーで、二人はそれを乗り越え、今回のインターハイに臨んだ。あの団体戦での二人のダブルスを見れば、二人の絆が、バドミントンを超えてもっと次元の違う強さに昇華したのだということがよくわかった。

松田と輝はスポーツ推薦ではなく一般入試での進学を希望している。勉強にも一切手を抜くことなく、トップクラスの成績を維持している二人らしい選択だと思う。

ツインズは、早くから賢人たちと同じ青翔大学を希望していた。今回のインターハイの結果と基準をクリアーしているらしい内申があれば、問題なくスポーツ推薦枠で入学できるはずだ。

はっきりとした進路を決めていないのは水嶋だけだ。

わかっているのは、本人が宣言したように、賢人と真っ向勝負できる大学を選ぶということだけ。

横浜湊のコーチ、柳田《やなぎだ》さんの母校でもある早教大に、とても熱心に誘われているらしいと聞いている。あそこには菱川さんもいる。悪くない環境だろう。

水嶋がどこへ行こうと、自分は自分の道を行くだけだ。

賢人は、練習終わりに、観客席から見たインターハイ団体戦の激闘を思い返しながら、見慣れてきた大きく立派な体育館の天井を見上げる。

「どうした?」

「いや、果てしないなと思って」

横川がグリップを巻きながら、フッと、笑いともため息ともとれる息を吐いた。

第四章　チーム青翔

八月の末から九月の初めにかけて行われた東日本学生選手権、個人戦、シングルスでは、決勝で遠田さんにリベンジされた。けれど、ダブルスでは、すべてをストレートで破るパーフェクトな優勝を飾ることができた。

自らの手でつかんだ優勝だったけれど、賢人は、どこか実感がなかった。

ダブルスでは、賢人は、横川の作り出すゲームのリズムにただ気持ちよく乗っていれば良かった。気がついたら優勝していた、そんな気分だった。

ただ、関東学生選手権に続いてのダブルス優勝で、横川の株がグンと上がったのは事実だ。それは、賢人にとってても嬉しいことだった。

横川は、シングルスの個人戦には出ないので、他校の学生にはその実力はあまり知られていない。校内のランキング戦でも、遠田さん、賢人に続く実力者であるにもかかわらず、チーム以外では陰口を叩かれることも多い。

「横川なんて、遊佐のおまけだろ？」

「遊佐と一緒なら、俺だって優勝できたさ」

「しょせん遊佐のバーターだもんな」

時には、そばに賢人たちがいることも知らず、哂《わら》い合う奴らもいた。

「やっかみに、いちいち構うな」

切れそうになる賢人を、何度も、穏やかな笑顔で横川は窘《たしな》めた。

「あいつら、何もわかってない」

「いいんだ。コートで向き合えば、わかるから。わからせるように、プレーするだけさ」

その言葉どおり、横川は、なめてかかる対戦相手には、圧倒的な強さとしぶとさを見せつけていった。

勝手な思い込みで横川を狙い打ちにした者は、決め球を易々と厳しいコースに返され、自らのミスショットで1点を献上することになる。

横川の真の実力が浸透して行くにつれ、賢人と横川のダブルスを一年生ペアとみなす者はいなくなった。ダブルスでは、王者として、この先、多くのライバルを迎え撃つことになる。


青翔大として、賢人にとって初めての団体戦が始まった。

団体戦は、個人のステイタスには繋がりにくいせいで、ただの祭りだと言い放つ者もいる。けれど賢人たちのチーム青翔にとって、団体戦は、祭りだとしても、ありったけの魂をこめてぶつかる祭りだった。

チームを率いる部長の三《み》池《いけ》さんは、体育会には珍しいほど温厚で、後輩にもフレンドリーな先輩だが、コートに入ると人相まで変わる熱血漢だ。体つきは中肉中背の筋肉質だが、その体格以上に大きくたくましい志に、チームの誰もがいつも励まされている。

初戦は、地元北海道の旭川商大との試合だった。

「絶対に、優勝するぞ」

三池さんの大きな掛け声に、コートで円陣を組んでいるチーム全員のウオーという雄叫びが応えた。

第一シングルス、遠田岳、三年。絶対的なチームのエース。嫌みと意地悪の天才だが、チームへの愛情はピカイチだ。最初の一勝が試合の流れを決めることが多いので、ここはエースの指定席だった。

第二シングルス、遊佐賢人、一年。次代のエースとはいえ、すでに結果を出している賢人には、経験を積むだけでなく確実な一勝が求められている。

第一ダブルス、三池哲也《てつや》・笹口誠《ささぐちまこと》。一年のときから組んでいる部長・副部長の四年生ペア。たくましく力強い三池さんと小柄で俊敏な笹口さんのローテーションには抜群の安定感があり、ここで勝負を決めてしまうのが、青翔大としては理想だった。

第二ダブルス、遊佐賢人・横川祐介。一年生ペアだが、すでに、頂点を手にしたエースダブルスだ。相手に対しては、鉄壁の防御となるはずだ。

第三シングルス、中西昇《のぼる》、三年。高校時代は無名だったが、青翔大で大きく飛躍した。一八四センチとチーム一の長身で、その長い腕から振り下ろされる角度のあるスマッシュには定評がある。遠田さんのチームでのダブルスの相棒でもある。

これが、この大会での青翔大の基本的なオーダーだ。

初っ端、エースらしく、遠田さんがあっさりと一勝をもぎとり、チーム全体が波に乗ることができた。おかげで、応援席の雰囲気は完全なアウェイだったが、ストレートで次にコマを進めることができた。

今回はトーナメントの山も良く、この態勢で、順調に決勝まで進めると、チーム全体に余裕さえ感じられた。

決勝の相手は、順当に行けば首都体大か早教大になるだろう。どちらも強敵だが、今のチーム状態なら、堂々と渡り合えるはずだった。

けれど、好事魔多し。思いがけないアクシデントがチームを襲う。

準決勝の法城《ほうじょう》大との試合途中で、遠田さんが足首を捻挫し、なんとか勝利をものにした後で、動けなくなった。

それでも、遠田さんが痛みを堪えながら手に入れてくれた一勝のおかげで、チームは、3－2でなんとか決勝に進んだが、決勝は、遠田さんのいないチームで戦わなければならなくなった。

決勝の相手は、宿敵、首都体大。

喜多嶋監督は、オーダーを入れ替えた。

横川を第一シングルスに、中西さんを第二シングルスにもってきた。体力のことも考慮して、第一ダブルスと第二ダブルスも入れ替え、最後の砦《とりで》に賢人を据えた。

この時点では、相手の第一シングルスはエースの佐原だと、賢人たちは予想していた。ダブルスは二つともとれると判断して、最後の賢人に優勝を懸ける作戦だった。ところが、相手もオーダーを組み換えていて、横川の相手は怪我で抜けている今岡《いまおか》の代わりにレギュラーに抜擢《ばってき》された結城《ゆうき》、賢人の相手がエースの佐原だった。

こうなると、賢人の一勝も確実ではない。横川の初戦が肝になる。

相手にとっては横川の第一シングルスが予想外で、こちらには佐原の第三シングルスが予想外。オーダーでの駆け引きは、一勝一敗だ。

「一年に大きな負担をかけて悪いが、お前ならきっとやれる。頼んだぞ」

喜多嶋監督のそんな言葉に送られて、横川は、公式戦で久しぶりにシングルスのコートに立った。

結城とは、高校時代、賢人も横川も戦ったことがある。賢人はもちろん一度も負けたことはなかったけれど、横川は何度かたたかれていた。油断はできない、とても強い選手だ。けれど結城といえば、一番印象深いのは、ベンチから見た関東大会での水嶋との死闘だった。あの試合を勝ち抜いたことで、水嶋は一回りも二回りも大きくなり、全国区の選手に成長していった。

結城は、その当時からしっかりした体を作り上げていて、粘りのある、誰が相手でも臆することのないメンタルの強い選手だった。その上、首都体大で一層たくましくなったと評判だ。

けれど横川は、その結城に一度もリードを許さず、反撃のチャンスも与えず、21－13、21－14とあっさり勝利をものにした。

結城に油断があったのは間違いない。自分が優勢だった高校時代のイメージも残っていたのかもしれない。その上、高校二年の夏から公式戦ではダブルスに専念している横川が、これほどシングルスのゲームに長《た》けていることなど、チームのランキング戦を経験している仲間以外は知るはずもない。

けれど、最初から結城が本気だったとしても、やはり結果は同じだったのでは、と賢人は思う。

横川は、長いラリーは必ずものにし、結城の覇気を奪っていった。そして、結城が勝負を急ぐと、際どいコースに繰り出したショットでミスを誘った。その繰り返しに、結城は徐々にリズムを崩していき、本来の粘りのあるプレーが、じわじわと苛立《いらだ》ちと諦めに変わっていくのがはっきり見てとれた。

試合後、結城は相当悔しかったようで、主審の差し出した手に気付かなかったのか無視をしたのか、うつむいたまま足早にコートを去っていった。

「横川って、恐いな」

足首を固定したままベンチで応援を続けている遠田さんがそう言った。

「ふだん、シングルスには出ないから、よそのチームのやつらにはデータもなく、いきなりあれじゃ、不気味すぎですよね」

「そういうのって、横浜湊の専売特許だよね」

「そうすか?」

「なんていうか、湊出身の奴って、相手の心身を躊躇《ためら》うことなく痛めつけるよね」

「まっすぐ、バドに向き合うとそうなるでしょう?」

「遊佐の場合、ただの意地悪だろうけど」

「はあ?」

「いっつも楽しそうじゃん。お前、意地悪の天才だもんな」

自分よりも百倍は意地悪だと思っている遠田さんにそんなセリフを吐かれて、賢人は深いため息をつく。

第二シングルスは相手にとられ、第一ダブルスの賢人と横川は、もはや貫禄さえ感じられる試合運びで、きっちりと一勝を取り返した。

次で勝負が決まると思っていた。が、第二ダブルスは惜敗した。

勝負は、第三シングルスに持ち越される。

相手は、首都体大の単複のエース佐原。

賢人が横浜湊に入学した年、佐原は首都体大に入学した。そして、個人戦で一年生ながらシングルスで準優勝、ダブルスは優勝という輝かしい成績を残している。遠田さんは佐原には相性が良く勝ち越していたけれど、何度かゲームを観戦した限りでは、基本的な技術レベルやゲームメイクの実力は、遠田さんと五分五分のトップレベルだ。賢人自身は、シングルスでは、直接、佐原と向き合ったことはない。

「遊佐、頼んだぞ」

喜多嶋監督が、背中を二度、パンパンと叩いて賢人をコートに送り出してくれた。

ホームポジションにつくと、コート近くの青翔のチームが陣取っているエリアとは別方向から「勇・往・邁・進」と大きな声がかかった。

菱川さんだった。

自分のチームの試合が終わったので、居残って賢人の応援をしてくれているのだろう。よく見れば、二回戦で敗退した横浜学園大学の本郷さんも肩を並べている。

また、このシチュエーションかよ。

後輩に応援されようが先輩に見守られようが、自分のチームの上に横浜湊の看板まで背負ったら、絶対に負けられない。賢人は大きく頷いて、自らに気合の声を入れた。

ファーストゲームを21－18でとった後、セカンドゲーム、2点をリードされたままインターバルに入った。

横川が、首筋をアイシングしてくれながら、こう言った。

「悪くないけど、良くもない」

水分を補給しながら賢人は頷く。剛柔、どちらのショットも中途半端だ。自分でも気がついていた。

「いつもの遊佐のプレー、相手にやられてる」

賢人は苦笑いを浮かべる。

佐原が実力者だというイメージと、ベンチで遠田さんに意地悪だと嫌みを言われたせいで、ちょっと素直なバドをやりすぎていたのかもしれない。

「後半は、俺、全開でいくから」

そう言った賢人に横川は、「ベンチで楽しませてもらうよ」と笑った。

次の瞬間、怒濤《どとう》の攻撃が始まる、というわけでもない。

結局、基本に忠実な、それでいて意外性のある一本一本の積み重ねが、相手を揺さぶりミスを誘う。そうしてようやく作り出した一瞬を見逃さず、小気味のいいショットをわずかな隙間に突き刺す。決まった後には、嫌みたっぷりに涼しい顔で口角を持ち上げてみせる。

それを何度も繰り返す。相手が心底萎えるまで。

自分のビジュアルが、こういう態度や表情にさらに色をのせることも、賢人はちゃんと自覚している。

強い相手だからこそ、力任せではなく、ジワジワと追いつめ自滅させる。

最後の1点も、相手のミスショットで決まった。

「まんまとやられたな。けど楽しかった」

握手を交わしながら、佐原はそう言ってくれた。賢人は控えめに笑って頭を下げる。

念願の、団体戦優勝。

喜多嶋監督は、一番派手に泣いていた。そして、一番喜んでいたのも悔しがっていたのも、自分の手で優勝をもぎとることができなかった遠田さんだった。

九月の中旬から、秋のリーグ戦が始まった。春のリーグ戦が中止になったせいで、ここに懸けるチームの想いは一入《ひとしお》だ。

「やっぱり、団体戦に限るね」

青空を見上げて、賢人は上機嫌だった。隣で横川は、もくもくと広がった入道雲を見上げて顔をしかめていたが。

九月に入っても、連日三十度を超える厳しい残暑が続いている。

体感温度は四十度を超える体育館、十二面のコートで一斉に、チーム一丸となった戦いが始まる。

一部と二部の男女は同じ会場で試合が行われる。人が多いせいで、よけいに会場は熱くて暑い。

試合前に、本部席から何やらアナウンスが入っているようだが、それも聞きとれないほど、大きな歓声と気合の声が、体育館いっぱいに広がり地響きのように轟《とどろ》いていた。

首都体大の応援席では、なぜか、コーラの一気飲みが始まり、その隣では、応援ダンスなのか、揃いの振り付けで歌って踊る女子チームもある。

「みんな、テンション高いね」

横川は、呆《あき》れたようにそう言った。

まあ確かに、あれはちょっとやりすぎでは？　と思わないでもないが、ゲームが始まれば落ち着くはずだ。

「俺も、めっちゃ高いよ」

賢人は、コート上から応援席でのちょっとした催し物を楽しみながら応える。

結局、遠田さんは、秋のリーグ戦にも間に合わなかった。

もちろん、期間中に復帰できるかもしれないという期待もこめて、レギュラー登録はしてあったけれど。

おまけに、喜多嶋監督が病に倒れ、しばらくは監督不在のまま戦うことになった。チーム青翔は、未《いま》だかつてないピンチに陥っている。

そうなると、賢人への期待度が跳ね上がる。そういうプレッシャーにやられないためには、雰囲気を含めて全てを楽しむのが一番だった。

一部リーグ、六校のうち、青翔大、早教大、首都体大、法城大、この四校は、どのチームにも優勝のチャンスがあった。

遠田さんのいない賢人たちのチームは、東日本と同じように厳しい環境での戦いを強いられるが、最大のライバル首都体大も、ダブルエースの一人、今岡が春先の故障からまだ復帰できずにいた。また、怪我から復帰したはずだが、佐原の本来のダブルスのパートナー、南《みなみ》もレギュラー登録から外れている。

一方、早教大もコマ不足だ。絶対的エースの上山《うえやま》が卒業した穴を埋めきれずにいる。上山はダブルスでもいつも優勝を争っていたから、昨年に比べて大きな戦力ダウンは否《いな》めない。早教大が熱心に水嶋を誘っているのは、そんな事情もあるからだろう。

総合的に穴がないのは法城大かもしれない。ここは、とにかく、団体戦に滅法強い。個人戦では、ベスト8に入るかどうかのメンバーが一人いる程度だが、チームになると必ず誰かが金星をあげる。不思議なチームだった。

とにかく、次が読めないからこそ、今日の一勝がとても貴重だった。チーム全体がそれを認識している。

モチベーションも高く、コンディションも良かったおかげで、初戦、早教大には4－1で勝利した。二戦目、明京《めいきょう》大にはストレートで勝利。一週間おいて、三戦目の相手は、中法大。ここも4－1で手に入れた。

この時点で、全勝は青翔大と首都体大、一敗で法城大が続いていた。

翌日の法城大との試合は、過酷だった。

気温も湿度も高く、体育館に足を踏み入れただけで汗が吹き出すほどの熱気と暑気の中、ロングゲームが続いた。

他のコートが全て試合を終えても、賢人たちのコートはまだ勝敗の行方もわからない状態で接戦を繰り広げていた。

第一シングルスの横川のゲームから、もつれにもつれた。

原因は、相手が法城高校出身の岡崎《おかざき》だったせいだ。岡崎と横川は、高校時代、横川がシングルスにも出ていた頃からのライバルだった。因縁深い試合も何度かあった。岡崎は、横川の強さも弱みも知り尽くしている。他の選手のように、横川をなめてかかるところが全くなかった。

結局、なんとか横川が振り切って一勝を手にしたが、後のダブルスのことを考えると厳しい体力の消耗だった。

次の賢人の試合も、予想以上にもつれる。

相手の金谷《かなや》は、見た目は金髪に近い茶髪、耳には派手なピアスまでつけていてひたすらチャラいくせに、とにかく生真面目で忍耐強いバドをする。技術的にも経験からいっても自分に利があると賢人も自覚しているのに、どういうわけか点差がつかない。

長く神経のすり減るラリーが何度も続き、27－25で一ゲームをなんとかもぎとるのに四十五分を要した。誰かに無理やり搾り取られたような汗で、身動きに支障が出るほどユニフォームが重くなっていた。

さすがにこれでは次のゲームに差し支《つか》えると、インターバルの間に横川の陰に隠れるようにできるだけ素早く着替えをすませ、水分補給をした。

「苦戦してるね」

「けど、結構、楽しんでる」

賢人の言葉に、横川は、本当に？　というように首をひねり笑う。

セカンドゲームが始まった。同じように、長いラリーが何度も続く。

おまけに賢人がミスで1点を失うと、背中に陣取っている法城大のメンバーが、「ナイッショ、ナイッショ、ナイッショ」と謡うように声を揃え、拍手が響き、賢人の神経を苛立たせる。

賢人がせっかく1点をもぎとっても、金谷を鼓舞するように、「頑張れ、頑張れ、頑張れ」「一本、一本、一本」と、三拍子で絶え間なく声がかかる。

ただ、ウチのメンバーの応援も半端じゃない。一丸となって賢人の後押しをしてくれている。

コートで戦っているのは賢人と金谷だが、ゲームが競《せ》ったせいで、チーム一丸となった応援合戦にもなっていた。

神経が萎えた方が負けになる。わかっていた。何度も同じような状況で戦ってきたことはあるのだから。

だけど、今日に限って、イラつく。

落ち着け、自分のバドをやればいいんだ。あせるな。自分の場所へ足を運べ。

何度、同じ言葉を自分にかけただろう。何度、気合の声をあげただろう。

それでも、狙いは悪くないはずの攻撃が何度もラインを割ったりネットにかかったり、おまけに、いいところでガットまで切れてしまったり。

アンラッキーもここまで重なるとこれも実力か、とかなり気が滅入った。

1点ビハインドでやっとたどり着いたインターバル、横川がアイスバッグを手に、ベンチを飛び出してきた。

「楽しんでいるようには見えないけど」

「後ろの声援が、ちょっとね」

「チャラいからな」

「タイミングも声の出し方も、何もかも気に障る」

賢人の言葉に、横川が顔をしかめる。

先にその洗礼を受けたのは横川だ。1点がどちらかに決まるたび、コートの後方を使って間合いをとることの多い横川は、賢人以上にその声の餌食になっていた。

「じゃあ、このゲームは諦めたら?」

「他にもっといい案ない?」

「競っているから、声にやられる。なんとか3点引き離せ。そしたら、ちょっとは静かになる」

「その案にするよ」

賢人がホームポジションに戻ると、「一本」と、肝の据わった声で横川が声をかけてくれた。

一度だけ小さく深呼吸をしてから、サーブを、コート奥に打ち込んだ。

少し体勢を崩しながら、それでも、結構切れ味のあるいいリターンを、金谷は返してきた。けれど、コースを読んでいた賢人は、もう一度、コート奥ラインぎりぎりに球を打ち込む。
　さっきより、さらに体勢を崩しながら金谷が戻した球を、思いどおりの場所で体をしな
らせ、たたきつけるように相手コートのど真ん中に突き刺した。
　今までのもやもやした鬱憤が、その一打でかなり晴れた。
　心の中で小さなガッツポーズをした賢人に、横川と遠田さんが、ナイスショットと声を
揃えた。
　そこから、展開が一気に変わった。
　賢人は、マイペースに自分のバドを続けただけだったが、相手のミスが重なり、面白い
ように点が入ってくる。さっきまでの負の連鎖が、相手コートに乗り移ったようだった。
16－11、インターバルの後6点を連取し、5点差がついたところで、ようやく背中の声
が少し小さくなった。
　いつも通りのバドができるようになれば、賢人の攻撃は多彩だ。
　リズミカルで技巧に富んだショットが、コートの隙間に、強く、柔らかく舞った。
　結局、21－16で、賢人は勝利を手にした。
　満面の笑みの仲間に出迎えられ、一人一人とハイタッチを繰り返した。
　最後に出迎えた横川は、ハイタッチの後、賢人の背中を叩いて汗まみれの奮闘を労《ねぎら》って
くれた。

けれど、これで波に乗れたと思ったら、第一ダブルスが16－21、13－21という信じられない点差で、あっという間に一勝を奪われてしまった。実績からすれば、真反対のスコアでも不思議がないほどの実力差があったはずなのに。

三池さんたちのかつてない負けっぷりに驚いている暇もなく、ほとんど体力を回復することもできず、賢人たち第二ダブルスの出番になった。

それでも、横川も賢人もなんとか踏ん張った。一ゲームを取られはしたが、2－1で三勝目をあげチームを勝利に導いた。

試合が終わった後、二人揃って両足が痙攣《けいれん》していた。出迎えてくれたチームの歓迎に応えることもできず、ベンチに座り込んだ。

結局、それが翌日の首都体大戦に響いた。

遠田さんがいれば、横川のシングルスの出番はない。その分、横川は、ダブルスに万全の体調で臨み、賢人のシングルスでの体力の消耗をカバーしてくれていた。

暑さにも追い討ちをかけられ、三連戦の最後に、その余裕がなくなった。

横川も賢人もシングルスではなんとか一勝ずつをもぎとったけれど、ダブルスでは、久しぶりに負けを喫した。サイドバイサイド、横並びに固定されたようにほとんど防戦一方で、一ゲームもとれず、2－0の完敗だった。

リーグ優勝の行方は、第三シングルスに委ねられた。青翔大は、この大会初めてオーダーに名を連ねた遠田さんだ。相手は、首都体大のエース、佐原。

遠田さんは、怪我から復帰してやっと五日前にコートでの練習に入ったばかりだ。いくら遠田さんでも、体力的には一ゲームをやり抜くのが精一杯のはずだ。しかも、ここで無理をすれば、せっかくの復帰がチャラになる可能性もあった。

それでも遠田さんは、自ら志願してオーダー表に名をのせた。

昨日までのチームの状態をずっとベンチで見ていた遠田さんは、今日の、この状況での出番を予想していたはずだ。

それほど、遠田さんはチームの優勝を自分の手でつかみたかったのだろう。

ファーストゲーム、21－19。セカンドゲーム、17－21。そして、ファイナルゲーム、15－21。

やはり、佐原ほどの実力者相手に、そんな状態の遠田さんでは勝負にならなかった。体力の消耗とともに、最後はあっさりと振り切られた。

勝者サインを終えた佐原は、大歓声と拍手喝采に出迎えられ、何度も何度も笑顔でハイタッチを繰り返していた。

全勝優勝の立役者の晴れ姿だった。

その喧騒を背中に、賢人たちは、揃って静かに体育館を出た。

灼熱地獄《しゃくねつじごく》だった体育館が嘘のように、外には、一瞬で精気が甦るような涼しい風が吹いていた。

日陰でその風にあたれば、疲労困憊《こんぱい》の体に、しっとりとした秋の気配が沁《し》み込んでくる。

「次は、インカレか」

四週間後に開催される全日本大学選手権。リーグ戦以上に、チームが優勝を望んでいる舞台だった。

「もう、二度とこんなふうに負けたくない」

横川がめずらしく、そんなセリフを吐く。

「そうだよ。お前らが負けなきゃ、俺も出番なしで負けなくて済んだんだから。今日の晩飯、お前らのおごりで焼肉行くから」

そこへ、遠田さんが、ありえない難癖をつけてきた。

「遠田、悪いのは俺たちだ。昨日も今日も不甲斐《ふがい》ないゲームばかりで申し訳ない。こんな様じゃ、監督に合わせる顔もない。せめて、焼肉は俺がおごるよ」

遠田さんも、先輩で主将の三池さんに真摯に頭を下げられては、賢人たちにからんで自らの鬱憤を晴らしてもいられない。

「自ら志願したのに、不甲斐ないのは自分です。次は、絶対に負けません。病と闘っている喜多嶋監督のためにも、チーム全員、万全の態勢でインカレに臨みましょう」と、三池さんに丁寧に深く頭を下げていた。

遠田さんにからまれる度に、水嶋の迷惑そうな顔が目に浮かぶのはなぜだろう。

賢人は首を傾げ、その隣で、横川が含み笑いをしていた。

翌日、休みを利用して、賢人は横川と二人で横浜湊を訪れた。

懐かしい、通いなれた駅に降り立っただけで、胸が高鳴る。

駅からわずかな時間で校門に着き、その奥に、昨日の雨の影響なのかいっそう鮮やかな緑の人工芝が見える。瞬間、バド部の練習場所、第二体育館まで、二人は競うように駆け出す。

リーグ戦での悔しい敗北は、二人のメンタルに、思っていた以上のダメージを与えていた。

遠田さんの難癖は、後で冷静に考えれば、実はそれほどひどい言いがかりでもないように感じた。

怪我の治りきっていない遠田さんを引っ張り出したのは、間違いなく賢人と横川の責任だった。自分たちがあと少し踏ん張れたら、あの歓喜も喝采も、自分たちのチームが味わえるはずのものだった。

体も心も、もっと強く逞しく、そしてしなやかにならなくては、あの場所で仲間と喜びを分かち合うことはできない。

大学に入ってすぐに頂点に立ったことで、自分には驕《おご》りがあった、それ以上に甘えがあったと、賢人は改めて思った。

「行くか」

朝のランニング終わりに、横川が賢人の耳にささやいた。

「ああ」

どこへ、などと訊く必要もなかった。

勝利への執念をもう一度新たにするために、二人が還《かえ》れる場所は一つだった。

着替えをすませ体育館に入ると、すぐに海老原先生の姿が目に映る。

先生は、突然やってきて頭を下げた二人に、大きく頷いてくれた。詳しいことはわからなくても、二人が何のためにここに来たのかは察してくれているのだろう。

体育館を見回すと、ツインズが、後輩に交じってノック練習に入っていた。

「水嶋は？　体調でも悪いんですか？」

受験で部活を引退した松田や輝の顔が見えないのは当然としても、水嶋は絶対に練習を休んだりしないはず。

「委員会で遅れて来たから、邪魔にならないように外を走ってるよ。榊も一緒だ」

ああ、そういえば榊の姿も見えないな。

「じゃあ、俺たちも、とりあえず走ってきます」

先生は、また頷いた。そして、かすかに微笑んだ。

その理由はすぐにわかった。

人工芝を囲むように設置されているランニングコースを、尋常じゃない速さで水嶋と榊が走っていた。他の部活の者たちも走っているのだが、それを追い越しぐんぐん引き離している。

「あいつら、駅伝の選手にでもなる気か？」

「ほんと、バカだな」

水嶋と榊は、もちろん賢人たちにすぐ気がついた。わずかに速度を加減すると、軽く目で挨拶をよこした。そしてまたすぐに自分たちのペースに戻っていく。

一周目だけをゆっくりと走った後、賢人も横川も、二人の背中に張り付くように全力疾走した。

自分たちのほうが後から走りだしたのに、なんとか遅れずについていくのがやっとという有様《ありさま》だった。

在学当時、賢人たちが水嶋たちに後れをとることはなかった。大学に進んでからはいっそうトレーニングの時間も増えているはずなのに。

賢人たちは、苦笑いを浮かべながら懸命に二人についていく。

ランニングが終わると体育館まで戻り、四人で念入りにストレッチを行った。

「いつも、あんなペースで走ってるのか」

「まあ」

水嶋は相変わらず愛想がない。

「こいつは自分を追い込むのが好きなんですよ」

榊は、いくぶん愛想よくそう答える。

「けど榊、お前、よくつき合えるよな」

「受験もしないし、卒業まではつき合うのもいいかなと思って」

「そういう意味じゃなくて、お前はあんなに走るのが得意だったたっけ？」

水嶋は陸上部からスカウトがくるほど走りが得意だったけれど、榊は持久力はあってもスピードはそれほどない、というのが賢人のイメージだった。

「俺たちは、遊佐さんたちなしでインハイを戦わなきゃいけなかったんですよ？　絶対的な天才エースのいないチームに必要なのは、強度と精度を高めた日々の努力のみって、海老原先生に何度言われたことか」

「結局、最後は、体力っすから」

水嶋がぼそっと呟くように言った。

「技術力を活かせるのも気力を振り絞れるのも体力あってこそだって、遊佐さんたちがいた頃の何倍も基礎トレのメニューを増やされたんです。おかげで俺たち、この間の体育祭の部活対抗リレーで、陸上部もあっさり振り切って優勝したんですよ」

「マジか」

毎年、賢人たちも部活対抗リレーには出たけれど、全国区レベルの運動部が多い中、陸上部とバスケット部に次いで三位というのが最高記録だった。

一番端のコートを借り、四人で基礎打ちとノック練習を軽めにこなした後で、あの頃と同じように、海老原先生の視線に見守られながら、シングルス、ダブルスと、試合形式の練習をこなしていく。

シングルスでは、賢人は第一コート、横川は第二コートで、後輩たちの挑戦を受け続けた。本音を言えば水嶋と打ちたかったけれど、水嶋は海老原先生の指示で第三コートに張り付いていた。

ダブルスでも、水嶋・榊ペア、ツインズ、どちらとも対戦はできなかった。

このコートで、あいつらと打ち合えば何かつかめると思ったのに。

いい汗はかけたが、多少の欲求不満は残った。

最後に、締めのダッシュが待っていた。

それぞれが自らの限界を判断した時点で、最後のダッシュは終了してもいい。

自分との戦いで、誰かと競い合うものではない。それを理解したうえで、それでもあの頃、いつも横川とトップを競い合っていた。二人で、体力を搾り取るように必死で走っていた。自分の弱さを、競り合うことで横川に支えてもらっていたのかもしれない。

いや、お互い様か。支え合っていたのだから。

けれど、どれだけ必死になってトップになっても、その後で床に転がり込むような無様さなら、それは、まだまだ練習量も気力も足りない証拠だ。

「余力を残してトップに立て。そしてさらに上を目指せ。そうでなければ、てっぺんを狙うチームを率いてはいけない」

初めてインターハイで個人戦の優勝をもぎとった直後に、海老原先生に言われた言葉だ。

その言葉を胸に、賢人はチームの優勝を願い、ここでの日々を走り抜けた。

体育館を何度も全力疾走で往復している間、賢人は、海老原先生の静かな視線に、あの頃と同じ厳しさと優しさを感じていた。

一人二人と脱落していく中、順位はともかく、賢人と横川の他に、水嶋、榊、ツインズ、そして新しいエースの春日と現部長の水谷《みずたに》も残っていた。

チームとして、ずっと成長し続けている。そう思った。

体育館には、黙々と刻まれる足音だけが響いている。

「もういいでしょう。今日はここまでにしましょう」

海老原先生が、前に進み続ける賢人たちの足をようやく止めてくれた。

正直、助かったと思った。そしてその瞬間、賢人は自らの負けを悟る。

ツインズにはそっくりな笑みを浮かべる余裕があり、水嶋と榊には、まだやれるという不満を押し殺す、そんな余裕が見えた。

練習が終わり、後輩たちは部室に移動していった。

賢人と横川は体育館に残り、海老原先生と改めて挨拶を交わす。

「今日は、ありがとうございました」

「こちらこそ。皆、喜んでいましたよ」

「それにしても驚きました。みんな、体力も気力も、一段と成長しましたね」

賢人の言葉に、海老原先生は目を細める。

「天才がいつもチームを助けてくれるわけではありませんからね。けれど、第二の水嶋たちを育て上げることはできます。そして、彼らは、いつか君たちをも越えていくかもしれない」

「チームに、あれさえあればね」

そう言って、海老原先生は体育館の壁高く掲げられている『勇往邁進』の旗を指差した。

賢人たちは、大きく頷く。

その後、横川と二人で何を話し合ったわけではない。互いの胸によぎったものは、全く違う想いだったかもしれない。

けれど、翌日からの行動は同じだった。

朝のランニングの距離と精度をあげ、練習では、一年生だからという遠慮は捨てて、大きな声を出し、先頭に立つようにより激しいトレーニングに励んだ。

音を上げそうになると、二人は顔を見合わせこう言った。

「結局、最後は、体力っすから」

すぐに、それがチーム青翔の合言葉になった。

高校時代、インターハイが夢の舞台だったように、大学に入れば、全日本学生選手権、通称インカレが憧れの舞台だ。今回の聖地は名古屋《なごや》。

メイン会場の体育館に地の利のいい、ビジネスホテルが宿舎となった。

インカレは、まず、団体戦から始まった。

一日目に三回戦までをこなし、ベスト４を決める。とりあえずそこに、なるべく体力を温存しながら残ることが、今日の賢人たちの仕事だった。

その日、名古屋は朝から雨模様だった。

「湿気が多いな」

朝、ホテルの窓から外を眺め、横川がつぶやいた。

「最悪だな」

十月半ばになれば、多少はコンディションのいい環境で試合が出来ると思っていたけれど、気温もそれほど下がらず雨で湿気が多いとなると、体力の消耗はよけいに激しくなる。

「条件は、みんな同じだ。やるしかないさ」

「ああ」

けれど、会場に到着すると、思ったほどコンディションは悪くなかった。確かに湿気は多いが、体育館の中の体感温度はそれほど高くない。

「思っていたより涼しいな」

「いつもよりずっと、応援席に人が少ないからね」

「確かに」

大きな体育館で相当な人数が収容できそうだが、人影はまばらだ。おそらく今、応援席に座っている人間も、ゲームが始まればほとんどが団体メンバーとして競技に臨むかあるいはベンチに座る者たちのはず。

全国大会だからといっても、マイナー競技の大学生の大会に、一般の観客はほとんどいない。開催地から遠ければ、チームの関係者や応援の人間も最小限になる。

青翔大も、団体のメンバーがそのまま個人戦に出場するメンバーと重なっているので、その八人だけで名古屋に乗り込んでいた。つまり応援席に味方はいない。

「とりあえず、一回戦は、通常通りで」

三池さんの言葉に全員が頷く。

初戦の対戦相手は、一度も対戦経験のない京洛《きょうらく》大学。データは少ない。連戦の疲労を最小に留《とど》める努力もしなければならない。

戻ってきたエース遠田さんと賢人で、二勝。

三池さん・笹口さんの第一ダブルスも、危なげないゲーム展開で、チームは二回戦に進んだ。

次は九州工科大学。やはり初対戦だった。

ここからは二面展開になった。

ルール上、ダブルスとシングルスを兼ねることはできるが、二面展開になれば、シングルスの直後にダブルスの試合を連続して行う、あるいはその反対の場合も多々ある。

レベルの高いチーム相手の連戦に、それはできれば避けたかった。

メンバーを入れ替え、しかも確実に3－0で勝ち抜かなければ、次の三回戦、翌日の準決勝、決勝へと、疲労が蓄積されていく。

三池さんが第一シングルスに出て一勝。中西さんが二勝目を。横川と賢人のダブルスは、圧巻の三勝目をもぎとった。

「次、どうします？」

上がってきているのは、関西の名門、龍山《りゆうざん》大学だった。

「向こうの第一シングルスって、松山《まつやま》ですよね」

松山は、西日本の個人戦シングルスで優勝している実力者だ。比良山《ひらやま》高校時代からインターハイベスト8の常連だった。東日本の強豪大学からも熱心に勧誘されていたらしいが、地元への愛着が強く、指導者の名声の高い龍山大学に進んでいた。

「たぶんな。そうなると、勝てる見込みがあるのは、遠田か遊佐しかいないな」

「俺が行くよ。龍山相手だと、遊佐と横川のダブルスは避けられないからな」

遠田さんが言う。

ダブルスに出る賢人の体力を慮《おもんぱか》って、もつれそうなゲームは、自分が受け持つということだろう。

「第二シングルスに中西で、第一ダブルスが俺たち、第二ダブルスに遊佐・横川、第三シングルスは？」

三池さんの言葉の後、全員の視線が賢人に集まる。

体力的には厳しいが、実力的には妥当だった。

「自分が行きます」

けれど、横川が冷静に手を挙げた。

「向こうは、おそらくダブルスでも出てくる堤下《つつみした》でしょう？　体力的には同じ条件だし、相手に俺のデータはほとんどないはず。ラリーを長引かせて序盤に相手にダメージを与えることができれば、いけると思うんですよね」

みんなが頷く。

勝つだけじゃだめだ。出来るだけ、戦力の要の遠田さんと賢人の、体力と気力を温存した状態で勝ち抜かなければ。

「頼むな」

そう言って、中西さんが横川の肩をたたいた。

「けど、俺まで来ないことが、チームにとっては一番いいってこと、忘れないで下さいよ」

横川はそう言って、大らかに笑った。

チームの緊張が、フッと解けた瞬間だった。

中西さんは、その横川の言葉に応えるように、競りながらも、力強いプレーでストレートで一勝をもぎとった。もともとチーム一の長身を誇っているが、その手に持つラケットがいつもよりずっと小さく見えるほど、その姿が頼もしく見えた。

遠田さんのコートは、ファイナルにもつれ込んでいた。

12点オールで、さっきまで中西さんが戦っていたコートに三池さんと笹口さんが入っていく。そっちの応援は先輩たちにまかせて、賢人と横川は、遠田さんの応援に専念することにした。

「1点の取り合いだな」

「遠田さんをここまで追い込むなんて、凄いよ」

「遠田さんよりずっとフラフラなのに」

「けど、しっかり足を運んでる」

21点まできても、2点差はつかない。救いは、一度も相手に先手を取られていないことだ。何度も瀬戸際に追い込まれている相手の方が、精神的には辛いだろう。

24点目は、長いラリーの後、遠田さんが、ネット際の際どい球のやりとりを芸術的なワイパーで凌いで奪った。

「ナイスショット」

「あと一本」

賢人たちは声を揃える。

次のラリーも長くなった。おまけに攻守がめまぐるしく替わる素早い展開になった。

これほどレベルの高いゲームの終盤に来て、まだこんなに動けるなんて、二人とも凄い。

賢人も横川も顔を見合わせて感嘆の声をあげた。

ラリーの間にわずかに緩んだ瞬間を逃さず、遠田さんが、速くて重いプッシュを相手のバック側に打ち込んだ。

ヨシッ、決まった、と思った瞬間、信じられない素早さで松山が反応した。

ラケットに当てるだけでも驚異なのに、やっと当てたはずの球は、絶妙にコントロールされ、遠田さんのコートの隙間に落下していく。

敵味方関係なく、会場からどよめきが起きた。

スーパーレシーブは、見ている者を感嘆させるが、大抵、点数に繋がらない。

やっと返しても、相手に、次にはもっと鋭い球を叩き込まれるのが普通だから。けれど、松山は、そのレシーブで1点を返した。

ここでへこんだら、一気に流れをもっていかれる。

「我慢、我慢」

「一本」

ベンチから、着替えを終えて戻ってきた中西さんと一緒に、賢人たちは大きな声をかける。

遠田さんはかすかに頷いた。遠田さんが一番よくわかっている。ここまでもつれたら、メンタルが切れたほうが負けるんだと。

どれほど素晴らしいショットを放っても、放たれても、次の球にはまっさらの状態で冷静に向き合わなければならない。

油断も、諦念も、高揚感さえ邪魔になる。

自分だけの2点を目指して、遠田さんは戦い続ける。

26－25、遠田さんが、また1点、抜け出した。

「もう一本」

ベンチは声を合わせる。

ここで、ネットすれすれの、切れのいいサービス。

「凄いな」

横川が、思わずつぶやく。

ネットに引っ掛けたら、また同点になる。普通なら、この場面であんなぎりぎりに打ち込んだりはできない。

主導権を奪われた松山は、追い込まれ、甘いロブを上げた。

ベンチから、球の滞空時間に合わせて声をあげ、遠田さんのジャンプスマッシュのインパクトの瞬間に「オウ」と声を飛ばす。

球は、松山の右足元をめがけて飛んでいった。

あのスピードで、正確にボディ周りを狙われたら、返しようがない。

遠田さんは、その球の行方を冷静に見守ってから大きく満足そうに頷いた。

27点で、ようやく決着がついた。

試合中、賢人は、自分だったら、何度か相手に先行されもっと厳しい戦いに追い込まれていたかもしれないと思った。メンタルが強く冷静な遠田さんだから、競りながらもリードを許さなかった。

チームの選択は正しかったと改めて思った。

隣のコートでは、三池さんと笹口さんが、一ゲームをとったものの、二ゲーム目のインターバルで、3点差をつけられていた。

遠田さんの勝利を見届けた賢人たちは、すぐに三池さんと笹口さんのコートのベンチに移動した。水分補給している二人に、「ここから、ここから」と声をかけていると、遠田さんもすぐにやってきて、エールを送る。

一番の接戦をものにした遠田さんの応援が、コート上の二人をいちばん勇気づけるはずだ。

三池さんたちは、17－20までずっと3点差を埋められなかったけれど、そこから一つのミスも許されない状態で、一気に4点を連取して、21－20、ゲームの主導権をひっくり返した。

「あと一本」

ベンチで声を揃える。

相手は流れを変えたかったのか、シャトルの交換を申し入れてきたけれど、三池さんたちは拒否した。

4点をもたらしてくれたシャトルを手に、笹口さんがサービスの位置についた。

球は少し高めに浮いたが、幸運にも相手はその甘さを見逃してくれた。

ラリーの主導権を手にした二人は、徹底的に、一方を攻め立てた。そして最後は、その相手のミスショットで勝利をもぎとった。

ベンチをいっせいに飛び出し、三池さんと笹口さんを、順番にハイタッチで出迎えた。

なんとか、凌いだ。明日に繋がった。

チームの笑顔が、歓声とともに広がった。

「準決勝には、法城大が残った。反対側の山は、会場が違うからわからないけど、おそらくシード校が順当に勝ちあがってるんじゃないかな」

コートを出てから三池さんがそう言った。

「首都体大は間違いがないとして、もう一つは、早教大と石川学院のどっちだろう？」

中西さんが、大会パンフレットを見ながら、首を傾げる。

誰も答えを持っていない。

去年の早教大なら間違いなく上がってきただろう。けれど、今年のチームは厳しいかもしれない。石川学院は西日本を制した強豪チームだ。

「とりあえず、明日の準決勝、法城大のことだけを考えよう」

三池さんのきっぱりした言葉に、全員が頷く。

翌日は、きれいな秋晴れの空が広がった。

朝のニュースでは、二十七度を超え夏日になると、賢人たちには嬉しくもない天気予報が放送されていた。

「暑っ」

体育館に足を踏み入れた瞬間、遠田さんが顔をしかめる。

昨日の熱戦の疲労が残っているのだろう。

「けど、まあ、やるしかないな」

そう、やるしかない。

三池さんを中心に、コート脇で輪になった。

「今日は、ずっと二面展開だ。首都体大はおそらく準決勝では主力の半分を温存してストレートで決勝に進んでくる。こっちに、そんな余裕はない。法城大ともつれ込めば、それだけ決勝では不利になる」

「はい」

「で、これがオーダー表。病院の監督からの指示も加味してのものだ」

第一シングルス、遠田。第二シングルス、中西。第一ダブルス、遊佐・横川。第二ダブルス、三池、笹口。そして、第三シングルス、遊佐。

「順番はともかく、このままのメンバーで決勝も行くしかない」

三池さんは、そう言った。

うちのチームに余裕はない。そう宣言したのと同じだが、事実そうなのだから仕方ない。監督がこの場にいても、同じようなことを言うだろう。

行くしかない！　信じてるからな!!　とかなんとか。

準決勝まで残った男女合わせて8チームが体育館の入り口に集合した。各チームのオーダーが、アレキサンドロスの曲に合わせて読み上げられていく。

法城大のオーダーは、秋のリーグ戦と全く同じで、こちらの予想通りだった。

秋のリーグ戦では苦戦したけれど、今のうちのチームには、エースの遠田さんが戻ってきている。実力だけじゃない。遠田さんの絶対的な存在感が、チーム全体の士気を高めていた。

チームの期待通り、遠田さんは、リーグ戦で賢人がてこずった金谷をあっさり振り切った。

中西さんもファイナルまでもつれ込んだけれど、最後はガッツポーズで試合を終えた。

賢人と横川の第一ダブルスは、一方的なゲーム内容だった。15本、17本と、準決勝とは思えないほどの短時間で決着がついた。

終始横川の作るペースに、賢人だけでなく、相手の二人も乗せられっぱなしだった。

ベンチでは、チームの残りの六人が、万歳をしながら迎えてくれた。

「芸術的だったな」

遠田さんは、横川にハイタッチをした後、握手の手を差し伸べてそう言った。

「ありがとうございます」

横川も満面の笑みで応えていた。

「お前も、お疲れ」

遠田さんは、ついでのように、賢人にも手を差し出す。

賢人は少し強めにその手を握る。仕方ない。そういう展開の試合だった。けれど、やっぱりムカついた。

インカレ連覇を狙っていた法城大相手に、青翔大としては、考えられる最上の出来で勝利を手にし、決勝に進むことができた。

横川とコートに立つと、負ける気がしない。賢人は、チームの笑顔に囲まれながらそう思った。

けれど、コートを出た瞬間、横川が表情を引き締めた。

「次は、死闘になる」

順調に勝ち抜けた賢人たちよりも先に、西日本の王者石川学院相手に、首都体大は、全ての試合を終えていた。

しかも、エースの佐原は出てもいない。

「佐原を、温存か」

「首都体大は去年、インカレを落としていて、ここに懸ける意気込みは強い。おそらく、温存した佐原を、単複で使ってくるはずだ」

「うちのオーダーって？」

「第一シングルスと第二シングルスを入れ替えるってさ」

「向こうは佐原と怪我から復帰した今岡だろ？」

「さっきの試合を見る限り、今岡は完全復活だったよ」

不意に背中から声がかかった。菱川さんだった。

「菱川さん、来てたんですか？」

「決勝の後、ここで明日からの個人戦の練習があるからね」

ああ、そうだった。個人戦のことは、頭から飛んでいた。

「昨日、うちはあっさりやられたけど、首都体大はその石川学院に攻める隙を与えなかった。佐原の代わりに第一シングルスに出た高田《たかだ》が少し長引いたぐらいかな。けど、もしかしたら、佐原より今岡のほうが恐いかもしれない。向こうのエースに、圧倒的な強さを見せていたから」

それだけ言うと、菱川さんは、応援席に向かって階段を上っていった。

結局、遠田さんはその絶好調の今岡と、中西さんが佐原との対戦になった。

この四人は、埼玉ふたば学園の元チームメイトだ。佐原、今岡が、遠田さんと中西さんの一つ先輩にあたる。

お互いにプレーも性格も知り尽くした者同士の、世代闘争の側面もあった。

チーム全員で円陣を組んでから、それぞれの位置についた。

遠田さんは2番コートに、中西さんは3番コートへ。賢人と横川は、遠田さんのコートのベンチに入った。

ファーストゲーム、ラブオール、プレー。

決勝戦に相応しい、威厳のある主審が大きな声でゲームの始まりを告げた。

遠田さんは、ホームポジションで大きな気合の声を上げる。

確かに、今岡は絶好調だった。ずっと怪我で公式戦に出ていなかった鬱憤を晴らすように、大きな体を伸びやかに使ったパワープレーと細かいラケットワークから放たれる柔らかなショットをうまく交ぜ合わせ、初っ端から遠田さんを攻め立てた。

けれど、怪我から復帰して、この団体戦にコンディションを合わせてきたのは、遠田さんも同じだった。

遠田さんは、序盤、やや今岡のペースに引きずられてはいたけれど、2点差以上は離されずにしっかりとついていき、インターバルを挟んで、連続ポイントを重ね13点で追いついた。

「遠田さんって、攻撃的だと思っていたけど、やっぱ守りも凄いな」

今岡のエースショットを、何度も涼しい顔で止める遠田さんの姿を見て、横川はそう言った。

このレベルになると、お互いに、簡単にエースショットは決まらない。コートのどこに打っても、球にラケットが追いついてくる。どちらが、どれだけ十分な体勢で打てるかどうか、それが明暗を分けていた。

ベンチのメンバーだけでなく、個人戦の単複に大量に選手を送り出している首都体大は、団体戦には出場しないメンバーが、応援席に陣取って統制のとれた応援を繰り広げていた。

賢人たちもベンチから、それなりに声をかけていたけれど、次の出番に備えアップもしなければいけない。声を嗄《か》らしていては、自分たちのゲームにも差し支える。

遠田さんにすれば、孤独な戦いだったかもしれない。

だけど、心は一つだ。

団体優勝。退院間近と聞いている監督のためにも、積み重ねる1点。

賢人と横川は、体を温めている間も、視線だけは、遠田さんの球を追っていた。

ファーストゲームは、遠田さんがもぎとった。

セカンドゲーム、同じような展開で、今度は今岡が取り返した。

予想通り、勝負はファイナルに突入する。

最後まで見届けたかったけれど、隣のコートで戦っていた中西さんが、佐原にストレートで敗れ、賢人たちの出番になってしまった。

もし、遠田さんが敗れたら、賢人たちが最後の砦になる。なんとしても、勝たなければならない。

首都体大の、昨年のインカレ個人戦準優勝ペア小田《おだ》・星川《ほしかわ》との対戦になった。

基礎打ちを終えて、同じコートに入ると、横川が笑った。

「何?」

「珍しく、緊張してるじゃん」

「別に」

「左手、胃を押さえてるけど」

賢人は無意識に胃の辺りをさすっていた左手を慌ててどける。

「大丈夫、絶対勝てるから」

横川は、そんな賢人のしぐさなど何でもないように、笑顔でそう断言した。そして耳元でこう囁いた。

「なるべく、決め球は、ボディを狙って」

賢人は頷く。

この二人の守備範囲は広い。隙間を探すことに必死になれば、自分たちがミスを重ねてしまうかもしれない。それなら、角度と速さをコントロールして、ボディ周りを狙うのが一番効率的だ。

ファーストゲーム、ラブオール、プレー。

コール直前、賢人と横川は、インターハイの決勝戦以来二人の間で恒例になっている、ゲーム前の握手を交わす。

ゲームが始まってすぐに感じた。

マジ、巧《うま》い。

相手の小田・星川じゃない。味方の横川の巧さに、賢人は改めて驚嘆した。

横川のプレーの一つ一つに、強い意志と安定感があった。

相手の、フェイントのかかったヘアピンも、ネット際の細かいショットも、強烈なスマッシュでさえ、横川は、冷静に確実に相手コートに返していく。返すだけでなく、その球で、前に出てこられるとやっかいな小田を、できる限りコート奥に釘付けにしていた。賢人も、横川の演出してくれたチャンスを逃さなかった。

横川に耳打ちされた通り、何度も相手のボディ周りに鋭い球を叩き込み、そのほとんどを点数に結びつけた。

あと1点で、インターバル。

そのタイミングで、隣のコートから、中西さんの「ヨッシャー」という大きな歓声があがった。遠田さんが勝ったんだ。横川と視線で確認し合う。

勝者サインを終え、着替えを済ませて、遠田さんは賢人たちのコートのベンチに陣取った。

こちらが少しでもミスをすると、相変わらず首都体大の応援は、その音量も頻度も凄《すさ》まじいが、遠田さんの場面に応じた「一本」「集中」と短く力強い声が飛んでくるたび、賢人は背中に勇気をもらった気がした。

リズムに乗って、気がつけば、21－17で、一ゲーム目を手にしていた。

「次も、行くよ」

横川に言われる前に賢人がそう言うと、横川は苦笑いをしながら、ラケットで賢人のおしりをポンと軽くたたいた。

セカンドゲームが始まってすぐに、今度は、隣のコートに、三池さんと笹口さんが入った。

目まぐるしい。何もかも。

この目まぐるしさの中で、確実に自分のペースを創り出せた者だけが、勝利を手にできる。

「集中」

1点ビハインドでインターバルを迎えると、遠田さんから、魂のこもった声が届いた。

「ここからだ」

横川の声に、賢人は気合の声で応える。

すぐに追いついて、11オール。

一進一退が続いたけれど、そこからは、一度も相手に先行させなかった。

21－19、最後も、やはり星川の左足元に強烈なスマッシュを浴びせ、貴重な二勝目を上げた。

勝者サインは横川に任せ、すぐに着替えと水分補給に入る。

三池さんたちは、佐原・南を相手に、一ゲーム目を取られていた。

第三シングルスにもつれ込む可能性は高い。

わずかな間にできることは、水分補給とメンタルを整えることぐらいだ。

三池さんたちが二ゲーム目を取り返してくれた。

もう少し様子見かなと思っていたら、ダブルス終了後きっちり二十分で、第三シングルスがコールされた。相手は、首都体大、第三の男に成長した結城だった。

横川に東日本でやられてから、結城は、怪我でリーグ戦では登録から外れていた。この大会が久しぶりの公式戦だった。怪我のハンディを乗り越えて、結城は初戦から一ゲームも落とさず、チームの勝利に貢献し続けていた。

しかもこの大舞台でのトリを務めることになり、気合の入り方は尋常じゃない。結城の全身から、闘志が溢れ出してくるようだった。

大きく深呼吸を一度してから、賢人はホームポジションに立つ。

一声、気合の声を上げると、隣のコートで戦い続けている三池さんと笹口さん以外の声が、揃ってそれに応えてくれた。

連戦の、最後の戦い方はよく知っている。

大抵、それは、チームの願いを一身に受け負けることが許されない状態だ。同じような場面を、賢人は、幼い頃から何度も凌いできた。そして、一度もその信頼を裏切ったことがない。

結城がどれほど気合を入れても、瀬戸際の戦い方に長けているのは、自分の方だ。

このゲームは、結城相手ではなく、自分自身との戦いになる。

賢人は、自分に暗示をかけるようにそう言い聞かせた。

ファーストゲーム、初っ端から、賢人は全開で勝負に挑んだ。疲労のかけらも見せない賢人に、結城は当てが外れたように顔をしかめている。

あの程度のダブルスをこなしたぐらいで、ダメージを受けるような柔な鍛え方はしていない。少し多めのアップをこなしたのと同じだ。

賢人と横川はただ目の前の試合を戦っていたわけじゃない。次のシングルスの試合を見越して、横川は、賢人の体力をコントロールしていた。体力の限り足を動かすのは横川で、賢人はその半分も動いていなかった。

結城、お前は、また横川にやられたな。あいつの心底のえぐり方は半端じゃないから、気をつけたほうがいいぞ。

賢人は、スマッシュを打つたび、結城に向かって挑戦的な言葉を吐く。もちろん、心の中でだが。

21－16、一ゲーム目を手にし、素早く新しいユニフォームに着替えた賢人の首筋に、横川がアイスバッグを当ててくれる。

「それ、あんまり似合わないよな」

横川は、賢人の新しい白いユニフォームの胸のあたりを指差した。

「白だと、負けないいんだよ」

「赤でも、黒でも、負けたとこ見たことないけど」

「黄色は、あまり相性よくない」

「そうだったっけ？」

戦術についてはなんのアドバイスもなく、ただ、賢人の気持ちを和らげて、横川はベンチに戻った。

その直後、第二ダブルスがとられ、ゲームカウント、2－2。

正真正銘、このコートでのゲームが、お互いのチームの最後の砦になった。賢人のコートの対面に、チーム全員が並んで、声を限りに応援に励んでいる。

確実に仕留める。横川とは違うやり方で。

賢人は、攻撃的な美しいプレーに徹した。

たとえば、スマッシュに得意のリバースカットを織り交ぜながら。

ロブだと思い込ませてヘアピンを。

ラケットワークも冴え、ネット際のワイパーも鮮やかに決まる。

結城の視線を、結城の動きを、賢人は翻弄し続けた。そのスピードとパワー、技の多彩さに、「強すぎだろう」と、真後ろに陣取っている敵のベンチから、小さな声とため息が漏れてきた。

11－6でインターバルをとってからも、攻撃の手を緩めることはなかった。

あれほど強烈だった首都体大の応援は、静かになっている。

時おり、「ここから、ここから」「まだいけるよ」と声はかかるが、青翔大のベンチの応援とはかなりの温度差ができている。

あと一本、最後の一本。

賢人はホームポジションで軽くジャンプする。
連戦の最後にきて体が軽い。弾力もある。そのことに自分自身が驚く。
「結局、最後は、体力っす」
そうボソッとつぶやいた後輩の顔が浮かぶ。
賢人はこみあげてきた小さな笑みを隠すように、汗を掌で拭ってコートの外にすてた。
賢人は思い通りのコースに、ロングサーブを打ち込む。
結城は、このゲーム、しつこいほど、コート奥にロングサーブを打ち込んできていた。
最後の一本、少しはお返しさせてもらおう。
わずかに反応の遅れた結城の球は、賢人の待っていた場所に戻ってきた。
それをネット際に落とす。
結城は、滞空時間の長いロブでコートの奥に戻してきた。
予想通りのコースだ。素早く追いついて、ジャンプスマッシュ。
戻ってきた球をもう一度ジャンプスマッシュ。
ラケットに当てるのが精一杯、そんな結城の返球だった。
これで決める。左肩を狙って、最後のジャンプスマッシュ。
コントロールに、一分の狂いもなかった。
結城は、小さな悲鳴にも似た声をあげ、その場に頽《くずお》れた。
ベンチから、いっせいにチームメイトが歓声を上げる。

すぐに応えたい気持ちでいっぱいだったけれど、そこは冷静に、結城と握手を交わし主審の握手に応え、勝者サインを終えてから跳ねるように仲間の元へ駆け寄った。

いきなり囲まれたと思ったら、次の瞬間には、体が宙に浮いていた。

賢人は三度宙を舞い、次に主将の三池さんが、その次に遠田さんが同じ数宙を舞った。

「監督も胴上げしたかったな」

三池さんが目を潤ませる。

「偲《しの》んでる言い方っすよ、それ」

遠田さんが笑う。

「次のシーズンも優勝して、生還した喜多嶋監督を胴上げしましょう」

横川がうまく締めくくってくれた。


翌日から個人戦が始まった。

シングルスで、賢人は遠田さんに敗れ、準優勝に終わった。

ダブルスでは、ほとんどもつれることもなく順調に決勝に勝ちあがり、その決勝戦も、ストレートで勝利を手にした。

青翔大は、遠田さんと、賢人と横川が、二冠を手に入れたと同時に、全日本総合への出場権を手にした。

第五章　シャトルが繋ぐ絆

四月になり、ツインズを筆頭に個性豊かな後輩をチームに迎え、新しい戦いの一年が始まった。

喜多嶋監督も復活だ。少し痩せたようだがやつれた感じはしない。

厳しい闘病だったと聞いているが、ようやく指揮官が戻ってきてくれて、チームの雰囲気も明るい。

「生還できたのは、俺の居場所をお前たちが守ってくれたおかげだ」

復帰後の監督の一声がこれだった。

「でもさ、俺なしでも優勝できるんなら、俺、いらなくない？」

そう言って笑わせてもくれた。

「俺たちは、どのコートでも監督の存在を感じその教えとともにありましたから」

新たに青翔大学を率いる遠田さんがそれに答える。

主将になれば、毒舌も少しは和らぐのかと思っていたが、その嫌みな口ぶりには一層磨きがかかっている。そんな遠田さんも監督にはちゃんと受け答えができるんだな、俺にも同じように接して欲しいもんだ、と賢人は心で愚痴りながらそのやり取りを見ていた。

けれどツインズは、その遠田さんに妙に懐いていて、どんな嫌みも、二人の絶妙の掛け合いで、毒気を抜いて笑いに変えている。

「あいつらのメンタル凄いな」と賢人が感心すると、「湊でお前が鍛えてやったからな」と横川が含み笑いを浮かべた。

遠田さんも二人の天然ぶりに呆れながらも、意外なほどこまごま面倒を見ている。

太一も陽次も言動は相変わらず意味不明で幼稚なことも多かったが、そのプレーには、賢人と横川もうかうかしていられない進歩が見られる。

賢人たちが卒業した後の横浜湊が、どれほど過酷な状況でてっぺんを死守したのか、そのためにツインズがどれほど自分たちを鍛えぬいたのかがよくわかる進化だった。

その、美しいと言ってもいい滑らかなローテーションと、躍動感溢れるステップから繰り出される多彩な攻撃はチームの喝采を浴び、ツインズは入部と同時に即戦力としてチームに認められた。

期待に応えるように、ツインズは、三池さんと笹口さんが卒業して開いた穴を、春のリーグ戦では見事に埋めてくれた。おかげで、昨年の秋には苦杯をなめたリーグ戦、春にはきっちり優勝をもぎとることができた。

これには喜多嶋監督も大喜びで、やっぱり俺がここにいる意味ってあるんだな、と男泣きしていた。

二位には、水嶋の他に岬という大きな戦力も手に入れた菱川さん率いる早教大が、三位には、主将で単複のエースだった佐原とダブルエースだった今岡が卒業したとはいえ、厚みのある選手層で首都体大がつけた。

どちらも、次の秋季リーグでは優勝を虎視眈々《こしたんたん》と狙っていることだろう。


「メシいくぞ」

横川が、着替えを終えた陽次に声をかける。

「俺たち、今日はちょっと」

「あ？」

「先輩たち、寮食でしょう？」

「今日は、お前らと焼肉行こうかなって、パスしてあるから」

「けど、俺ら今日はちょっと」

「また今度ご馳走《ちそう》してください」

太一も陽次も、あからさまに腰がひけている。

「ちょっとって、何？」

賢人が一歩前に出てさらに睨みをきかすと、陽次は少し後退《あとずさ》りしながら「榊ン家の」と言いかけた。それを太一があわてて肘で小突いて静止する。

なるほど、そういうことか。へえ。

「榊ン家の店で、何だって」

「いやあ、榊のところは、あいかわらず繁盛していて、良かったなと」

そんなごまかしが利《き》くとでも？

こういう時は、ただ黙って、睨んでいるだけでいい。

根負けしたように、太一が大きなため息をついてこう言った。

「今日は、っていうか、金曜は結構、湊のタメで集まるんです。海晴亭《みはるてい》で」

「へえ」

「櫻井が週二でアルバイト始めて、帰りの夜道が危ないからって水嶋が迎えに来るようになって」

「わざわざ練習帰りに寄ってんのか、あいつ？　しかも、櫻井と水嶋の家って、全然逆方向だろ？」

横川が首を傾げるが、里佳さんのためなら、自分だって毎日でもどこまでだって行くけどな、と賢人は思っていた。

「それが今は近いらしいですよ。ハナちゃんは家の事情で、大学の近所に部屋を借りてて」

櫻井の通う大学は、確か松田と同じ慶愛《けいあい》大学でそのキャンパスは東横線の日吉《ひよし》だったか。だとすれば、櫻井はバイト先としてはえらく遠い所を選んだんだな。これはあれか？　水嶋と会う機会を増やそうっていう健気《けなげ》な乙女心なのか。

「なんかムカつくな」

水嶋のくせに。

「今日は無理らしいんですが、輝もよく来ますよ。松田は元々あの店の常連だし」

二人は、何度か携帯に視線を送っていた。そんなに待ち合わせの時間が気になるのか、それとも一秒でも早く逃げ出したいのか。

「そういうわけで、お先です」

素直に白状すれば逃げられると思ったら大間違いだ。

だろ？　視線を合わすと、横川は、もちろんついていくよ、と目で笑った。

ツインズの背中に張り付くように、賢人たちは体育館を出る。

「マジッすか」

背中を向けたまま、太一がぼやいた。

「マジだよ」

横川がきっぱりと言い切る。

「俺たちだって仲間だろう？　一緒に戦ったあの夏のコートを忘れたのか？　いや、誰のおかげであのコートに立てたのか、よく思い出せ」

「勘弁して下さいよ」

こいつらの繋がりには、時々こんなふうに意地悪をしたくなるほど嫉妬してしまう。

ただ、今日は、からかい混じりの意地悪というだけが理由ではない。ついていくことにしたのは、本当に、久しぶりに横浜湊の仲間の顔が見たくなったから。あいつらに、無性に会いたかった。

春のリーグ戦で、相手チームのベンチに水嶋の顔は見た。会場でも何度かすれ違った。視線が合うと、水嶋は小さく目礼して、その後でやっぱり面倒そうに顔をしかめていた。横川にはもう少し愛想のいい笑顔を向けていたけれど。

楽しみにしていたのに、残念ながら直接対戦する機会はなかった。

松田や輝とは、もうずいぶん長い間会っていない。

輝は、勉強との両立を目指し、見事第一志望の東大に進んだ。東大でもバドを続けている、とツインズから聞いている。

松田は、早くから大学ではバドミントンは趣味にすると公言していた。その言葉どおり、インターハイが終わるとすぐに部活を引退し、輝と同じように受験勉強に励んでいた。

輝はそれでもたまに部活に顔を出していたそうだが、輝ほど学力に余裕がない松田は、きっぱりコートを去った。努力が実り、希望どおりの志望校、慶愛大学に合格したのだから、きっと横浜湊でバドミントンと向き合っていたように、今は大学で別の何かに励んでいるのだろう。

榊は、調理師の専門学校に通いながら、店の手伝いもこなし、なおかつ社会人のサークルで、やはりバドを続けているそうだ。

太一によれば、つい最近行われた地元の大会で、一部リーグに所属する大学の選手を相手に優勝を勝ち取ったらしいから、時間の許す限り、基礎トレもしっかりやっているのだろう。やり方も結果も、榊らしいと思う。

というわけで、賢人の近くで変わらずシャトルを打っているのは、ツインズだけだ。けれど、その態度も、横浜湊にいた頃より少し他人行儀になりつつある。仲間であるとともに、より力をつけてきたツインズにとって、賢人たちは、レギュラーを争う厳しいライバルだという側面が強くなってきたからだろう。

もうすぐまた関東学生選手権大会が始まる。水嶋はもちろん、個人戦のある今度の大会では、チームメイトのツインズでさえ、ライバルとして賢人の前に立ちはだかってくるはずだ。喜多嶋監督は、チーム力をさらに上げるためにも、ツインズにはシングルスでの活躍も期待している、とチーム全員の前で公言している。

昨年の単複の覇者である賢人は、すでに挑戦者ではなくシード選手として皆を迎え撃つ立場だ。だからこそ、ライバルとしてではなく、素顔の仲間を見ておきたかったのかもしれない。

電車を乗り継ぎ、榊の家族がやっている洋食屋、海晴亭に向かう。

榊の親父《おやじ》さんの料理は、高校時代、差し入れや夏合宿で何度もご馳走になった。けれど、賢人と横川がこうして店に来たのは初めてだった。

扉を開けると、櫻井がとびっきりの笑顔で出迎えてくれた、が、すぐに、目を見開いて一歩後退る。

その背中から榊が出てくる。

「いらっしゃいませ。あれ、珍しいっていうか、初めてですね。先輩たちが来てくれるなんて嬉しいです。ありがとうございます」

さすが榊だ。接客業とはこうでなくては。こいつの大きな笑顔に迎えられると、気持ちがスッキリする。ツインズの及び腰や櫻井の戸惑いも、この際なかったことにしよう。

榊は、賢人たちを、一番奥にある大きなテーブルに案内してくれた。そこには松田がいて、一人で文庫本を読んでいた。

松田は、「お、お久しぶりです」と、動揺しながらも立ち上がり頭を下げた。それから、賢人たちの背中に隠れるようにして立っているツインズを冷ややかな目で睨む。そこはちょっと隠せよ、と言いたい。

「遊佐さん、とりあえずコーラですよね。横川さんは、アイスコーヒーでいいですか?」

榊は、そう言いながら、賢人にメニューを手渡してくれる。

ちゃんと好みを憶《おぼ》えてくれているなんて、榊、お前は健気なヤツだ。

榊が引っ込んでしばらくすると、櫻井が水とおしぼり、それに賢人たちの飲み物を運んできてくれた。

「櫻井、エプロン、似合うなあ」

横川の冷やかしとも思えない真顔に、櫻井は顔を赤らめる。

「可愛すぎません?」

レースがたっぷりついた部分をつまんで櫻井が訊く。

「いやいや、すごくいいよ」

　確かに似合っていると賢人も思う。

「で、水嶋、いつも迎えに来るんだって？」

　すると、櫻井は、顔だけじゃなく全身を火照らせたように真っ赤になる。

「ごめん、つい」

　陽次が、申し訳なさそうに櫻井に頭を下げる。

「いつもってわけじゃ。試合や遠征もあるし」

　櫻井は俯《うつむ》いたまま小さな声で答える。

「水嶋が来られないときは、俺や榊が親の車を借りて送ったりもしてますよ。水嶋から頼むってメールが来るから」

　松田が、上手に会話を引き取る。

「なんかムカつくなあ。松田、そんなチャンスがあるなら、水嶋から盗んじゃえ」

「俺は、仲間の彼女にちょっかい出すほど、女の子には不自由してませんから」

　とんでもない、というように松田は端整な顔をしかめる。

　櫻井は真っ赤な顔のまま、賢人たちの注文をとると、厨房《ちゆうぼう》に小走りで戻って行った。

「まあ、お前はモテるだろうしな。彼女、できた？」

「いや、まだ特定の子は」

「なんか、サークルは入った？　可愛い彼女、そこでゲットしろよ」

松田がその瞬間、賢人たちからスッと視線を逸らす。

うん？

「こいつ、バド部に入ったんですよ。サークルとかじゃなくて、ガチで」

太一が、満面の笑みでそう言った。いつも隙のない松田をからかえる立場にあることがよほど嬉しいのだろう。

「マジかよ」

「まあ」

松田は顔をしかめたままだ。

「趣味でよかったんだろ？」

「自分のできることはやり尽くしたって言ったよな」

「どういう心境の変化だよ？」

松田は、賢人と横川のたたみかけるような質問に、大きく深呼吸をして、一気に言葉を繋ぐ。

「俺は、今まで色んなことから逃げるためにバドを利用してきたんです。だけどこいつらと知り合って、辛いことや嫌なことがあったって、何でも相談できる、っていうか相談なんかしなくたって気持ちを前向きにしてくれる仲間ができて、もう何からも逃げ出す必要なんかなくなったと思ったんです」

松田には、ちょっとした家庭の事情があって、色々嫌なこと、辛いことも多かったと聞いている。

「だから、もうバドを利用しないで、ただバドを楽しもうと思ってました。けど、受験のために部活を引退してしばらくバドから離れて初めてわかったんです。俺は、バドが好きだ。何より好きだ。続けたいって」

　横川が、よくわかるよというように大きく頷く。横川もひとり親家庭だ。愚痴をこぼしはしないけれど、過去だけでなく今も様々な家庭の事情を抱えていることを、賢人も察していた。

「で、続けるなら、今できる環境の中で、一番いい場所でやりたいって、松田は思ったわけですよ」

「榊だって、専門に行きながら店の手伝いもして、それでも週に三度社会人のサークルで打ってる。毎日のランニングもかかさない」

　ツインズが揃って同じ笑みを浮かべる。

　榊が、タイミングよく大きな皿を両手に抱えて賢人たちのテーブルにやって来た。

「絶対、松田はまたバドに戻ると信じていたよ」

　皿をテーブルに置きながら榊が言う。

「また、いいかげんなことを」

　松田は、照れているのか、不貞腐《ふてくさ》れたようにそう応える。

「っていうか、みんなそう思ってたよ。タメは」

「すぐに戻ってくると思ってた」

榊と陽次の言葉に、「松田は、本当にバドが好きだから」と太一も頷く。

「そうか。じゃあ、また色んな大会で会えるかもな」

「それは、まあ、無理でしょう」

松田は、少し寂しそうに言う。

「なんで？」

「ウチは今、五部だし。個人戦だとしても、遊佐さんたちと同じカテゴリーに選手を送れる状況じゃありませんから」

「お前が入れば、ちょっとはいいとこ上がって来られるさ」

松田は、すぐに首を横に振る。

「やっぱり、環境って大事なんです」

「練習相手がいないっていうこと？　少しは打てるやつもいるだろう？」

「もちろん。でもやっぱり横浜湊にいた時の、あの、毎日ひっきりなしに味わっていた切磋琢磨感っていうか、ちょっとでも気を抜いたら置いていかれるっていう緊張感がないっていうか」

「なるほどね」

常に高いレベルで練習している賢人たちにはピンとこないじれったさが、今の松田にはあるのかもしれない。

けれど、賢人だって、横浜湊に入った時、似たような環境だった。水嶋や松田が入ってきて成長してくるまで、賢人とまともに打ち合える相手など、チームにはいなかった。

海老原先生は、そんな賢人のために、毎週のように強豪大学に進んだOBを呼んでくれたし、菱川さんは引退してからもできるだけ練習に顔を出してくれた。コーチの柳田さんも手を貸してくれたし、できる限りのコネを使って、賢人を連れて大学や実業団チームの練習に通ってくれた。

つまり、誰かが、少しずつ手助けしてくれた。足りない環境を補うために。

「つくづく思いますよ。俺、すごい場所でバドやってたんだなって」

松田は、大きなため息をついた。

賢人は、ついでのように松田に尋ねる。

「火曜って練習ある？」

「はい。月曜以外はずっと」

「何時から？」

「火曜は、夕方の五時からですけど？」

「そう。じゃあ、来週の火曜日、六時に校門に迎えに来て」

賢人の言葉に横川は一瞬驚いた表情を浮かべたけれど、すぐに微笑んでくれる。

「はい？」

松田の顔には、あからさまに影がさしている。

「俺たち、基本、火曜は休みなんだけど、来週は練習試合があって五時あがりだから、それが終わったら打ちに行ってやるよ。可愛い後輩のためだ」

「それはちょっと」

松田は、首を小刻みに横に振る。

「は？」

「遊佐さんと横川さんが来たら、チームが大騒ぎになって練習にならないですから」

「俺たちも行くから大丈夫」

賢人が言い返す前に、陽次が、大きくピントのずれた言葉をはさんでくる。

「全然大丈夫じゃないから。お前らもインターハイ二冠だから」

「じゃあ、水嶋も呼ぼう」

陽次の脳みそは、大丈夫か？　松田より深く賢人の眉間にしわが寄る。

「ハナちゃんのいるキャンパスだからね。水嶋も喜んで来るよ」

太一も、かなりやばそうだ。

「そんなスターばっか、いっぺんに来られたら困るんだよ」

松田は、太一にそう言った。

昔から、こいつらの中で、輝は特別で松田だけがバカではなかったということを、賢人は改めて実感した。

「松田、お前もその一員だったんだ」

横川が、しかめ面《つら》の松田に穏やかな声でそう言った。

「松田が初優勝の立役者なんだから。チームメイトにお前の凄さをわかってもらえるいいチャンスだ」

陽次が、今度はまともな発言をした。

「お前の本当の凄さは、お前一人じゃわからないんだよ。俺たちだって暇じゃない。そう何度も行ってやれない。だから、一度で度肝を抜いてチームの士気を上げろ」

そして、お前がチームを引っ張るんだ。学年なんて関係ない。本当にいいチームなら、縦だの横だの、関係なんて気にしない。強くなるためなら、きっかけさえもらえれば、一丸となって全員で頑張っていけるはずだ。

自分の居場所は自分で創り出すんだ。そして、力の限り上を狙え。ここが自分に相応しい場所だったと、最後に胸を張れるように。

松田、お前ならできるはずだ。あの日、横浜湊を優勝に導いたお前なら。

声にはならない賢人の想いも、松田なら、みんな受け止めてくれたことだろう。

「しばらく打ってなかったとか、練習が温《ぬる》いからとか、変な言い訳はしないように。体、仕上げといてよ。もちろんおまえだけじゃなく、チーム全員」

この場では一番の賢者、横川が、話をまとめた。

松田は腹をくくったのか、きっぱりと頷いた。

ちょうどその時、水嶋がやって来た。が、目ざとく賢人たちを見つけて踵《きびす》を返そうとする。

「水嶋、お前の席はちゃんとリザーブしてあるから、こっちへ来い」

賢人は、冷たい声でそう言い放つ。

水嶋は助けを求めるように視線を泳がせる。そんな水嶋に、櫻井が小走りに駆け寄って行った。二言三言なにやら言葉を交わした後で、水嶋は小さなため息をついた。それからゆっくりとこっちへ向かってやって来た。

「久しぶり」

陽次は、お前らが連れて来たのかよ、という水嶋の非難の視線にもめげず、明るく声をかける。

「おう」

水嶋もその屈託のない笑顔には、頷くしかない。

「来週の火曜日、松田のところでみんなで打つことになったから」

「えっ？」

「火曜日、練習？」

「休みっす」

「じゃあ、授業終わったら来て。九時までだってさ」

水嶋は、案外素直に頷いた。

もしかしたら、こいつも、松田のことを心配していたのかもしれない。自分のできることで何か手助けをしたいと思っていたのかもしれない。ただ、賢人のように、強引によそのチームに押しかける、なんてことはできないだろうが。

約束どおり、六時に、正門前に松田と慶愛大の部長柳沢《やなぎさわ》が迎えに来てくれた。

「今日は、わがまま言って申し訳ありません。久しぶりに松田と打ちたくて、一緒に練習させてもらいに来ました。よろしくお願いします」

横川の言葉に合わせて、賢人もツインズも揃って、深々と頭を下げる。どこに出張っても最初の礼儀が肝心だと、海老原先生からお辞儀はたたき込まれていた。

松田は横川の言葉が終わらないうちに、柳沢も、あわてて賢人たちに頭を下げる。

「こちらこそ、よろしくお願いします」

体育館に入ると、すぐに、松田のチームに合流した。

大きな体育館だ。バド部のコートは六面。その隣ではバレー部が、その向こうではバスケット部が練習に励んでいる。

バドミントン部はそれほど大所帯ではないけれど、全国有数の強豪チーム、隣のバレー部には結構な数の部員がいるようで、大きな気合の入った声が体育館に響き渡っている。こういう環境は悪くない。自然と自分たちのテンションも上がってくる。

練習メニューは、ホワイトボードに書き込んであるようだ。ざっと目を通した後で、ツインズたちと簡単なストレッチをこなし、ノック練習から参加した。

練習試合をこなした後なので、多少の疲労感はあったけれど、さほど体は重くない。

いい時間が過ごせそうだ。

ダブルスの試合形式の練習では、ツインズと模範試合のような10点マッチを何度か部員全員に見せた。例えば、ツインズの芸術的ともいえるローテーションが際立つ球を返し、それでもそのローテーションを崩しながら、わずかな隙間に球を突き刺す。長い時間、一緒に打ち合っている仲間同士、阿吽の呼吸だった。

その後、他のメンバーと向き合う。本気を出さない、というよりは、少しでも皆の技術の向上に役立つよう、加減をする。

シングルスの試合形式の練習では、四つのコートに、賢人、横川、太一、陽次がそれぞれ分かれて入った。松田を含め上位選手とは15点で、それ以外とは10点マッチでという約束だった。

ツインズは基本的にはダブルス専門だけど、大学に入ってから、シングルスの練習にも熱心だった。個々の力を磨くことが大切だと喜多嶋監督に言われたことと、出番が少なくても、高校時代よりいっそうシングルスの練習にも真剣に取り組んでいる横川に影響されているようだ。

最初に、部長の柳沢と対戦した。

悪くない選手だ、と思った。

バランス感覚も良く、頭脳派らしくゲームメイクも巧みだ。ただ、前後の動きはいいが、左右の動き、特に左への飛び出しが遅いことが気になる。バックハンドが苦手なようだ。バックに打ち込むと、ほぼ百パーセント、クリアーで大きく逃げに入る。まあ、これは結構強い相手でもありがちだから仕方のないことかもしれないが。

初対面の相手とは、最初のうち、何度かわざとラリーを切らずに、賢人はこんなふうに相手の特徴を見ることがある。

見切ったところで、ゲームのペース配分を考えながら、攻撃態勢に入る。

よほどレベルの高い選手でない限り、ギアを上げた賢人の相手にはならない。

15－4。

それでも、柳沢は、気持ちよく握手の手を差し出し、ありがとうございましたと、年下の賢人に頭を下げた。賢人も、同じように深く頭を下げた。

次に松田がコートに入った。

横浜湊に初めて来た日、松田は賢人のコートを避けた。けれど、今日の松田は、迷わず賢人のコートにやってきた。そして、賢人と部長の試合を食い入るように見つめていた。向き合った目は、すでに戦闘モードだった。

いい度胸だ。

手加減なんかしないよ、と賢人はニッと笑う。

松田は、緊張した面持ちで小さく頭を下げた。

ラブオール、プレー。審判役の部員が、松田にかすかに頷いた。

相変わらず、教科書どおりのきれいなプレーだ。しかも球は、高校時代、賢人が受けていたそれと同じほど重い。

受験で半年練習をしていなかったとは思えないほど、体はしなやかに動いている。先日の横川の一言がよほど効いたのか、根が真面目な松田らしく、バド部に入ってから短期間でも、今日まで相当厳しいトレーニングを積んだのだろう。

なめてかかったらやられてしまう。賢人は気を引き締め、すぐにギアを上げた。

それぞれのコートで、他の三人の相手となっている選手以外は、自然と松田の周りに集まってきた。

ただの15点マッチのゲーム練習で、練習試合ですらない。それでも、このコートが作り出す熱気が普通でないことは、すぐに全員に伝わっていったのだろう。

甘えも妥協も全くない、本気のラリーが何度も続いた。

あの、横浜湊の初優勝を決めた時の、松田の粘っこいバドを賢人は思い出していた。

こいつは、技術が半端じゃないから、粘られると本当にやっかいだ。水嶋のような怖さはないが、ミスが少ない分、うっかりしているとすぐに追いつかれてしまう。

9−6から、松田が2ポイントを連取して9−8。

その辺りから、最初は賢人に遠慮して静かに見学していた松田のチームメイトから、松田がいいショットを放つたびに、「ナイスショット」「もう一本」と、大きな声がかかりだした。それに後押しされるように、松田の目つきはもはや獰猛《どうもう》と言っていいほどになり、仲間に返す気合の声にも、賢人に対する遠慮などかけらも見せなくなった。

他のコートにいた選手も試合を終え、とりあえず全員が集まってきたようだ。

「遊佐、本気出せよ」

本気だから。

「先輩、松田、なめてちゃダメっすよ」

金輪際、なめてないから。

「てか、遊佐さん、マジじゃん？」

陽次、お前はバカだけど、たまに鋭い。

いつもなら、球の下に素早く入るだけでなく、自分の得意な打点で打てる場所まで行けるのに、松田のショットが低い弾道で正確な軌道を描き、しかも厳しいコースを攻め立てるので、何度か、腕だけで球を追ってしまった。すかさず、次の一打で松田は1点を奪い取っていく。

けれど、松田の頑張りは12点までだった。

これだけ高度な長いラリーが何度も続けば、今の松田の体力ではそれが限界だったのだろう。

その後は足がもつれだし、結局15－12で、賢人がゲームをものにした。

それでも、チームメイトからは、感嘆の声と惜しみない拍手が松田に送られていた。

賢人が本気で相手をしたことは、ゲームを見ていれば、誰でもわかったはずだ。

それだけに、松田のレベルの高さも、チームに正しく伝わったのだろう。

恵まれた環境と熱意のある部員たち。練習時間もトップ校と大差はない。足りないのは経験だ。何度も這い上がっていく気概を生み育てるための、より強い相手との対戦。

それを手に入れるためには、少しずつでも強くなるしかない。一試合でも多く強い相手と対戦できるように。

松田、お前は新しい仲間と、ある意味、俺たちよりずっと険しい道を行くことになる。だけど、絶対に挫《くじ》けるな。

最後まで諦めず力と技の限りを尽くして、お前が優勝旗をもぎとったあの日のことを、チームの誰も、生涯忘れることはない。

すっぱりバドミントンをやめて新しい人生を行くのも松田らしいと思ったけれど、やっぱりお前にはコートが似合う。どこの女子だって、きっと今のお前の汗には惚れ惚れするはず。

「おかえり」

賢人は、ネットを挟んで松田と握手を交わした。

「はい」

松田は短く答えて、右手に力をこめた。

松田との打ち合いで疲れた賢人は、ゲームの途中で顔を出し、当然のように松田の応援に励んでいた水嶋に、その後のコートを譲った。

タフなのかバカなのか、水嶋は、何ゲームをこなしてもまったく疲れた素振りも見せず、二度と賢人をコートに戻さなかった。

水嶋の通う早教大と慶愛大は、色々な分野で宿命のライバル校でもあるので、早教大のユニフォームに身を包んだ水嶋に対しては、慶愛大のメンバーは、皆、目の色を変えて挑んでくる。

ここは、ツインズのように、せめて横浜湊のユニフォームを着てくるとか、気を利かせないところが水嶋らしい。

そして、水嶋はまっすぐなバドミントンバカなので、手加減の程もわからないようで、皆、容赦なくこっぴどく返り討ちになっていた。

それも、このチームにはいい経験値になるだろう。

一年生でも、松田以上に、これだけ圧倒的な力を持って駆け上がってくる奴もいる。

そしてこの水嶋も、エリート育ちの賢人とは違って、中学時代はまったくの無名選手だった。チームが水嶋を強くした。そして今、水嶋は、チームを強くする力を身につけた。

最後に、部長の柳沢が、賢人たちにこう言った。

「僕らは幸運です。強くなるための術を知っている仲間を持ったから。このチャンスを最大限に活かすため、後は、努力するのみです」

賢人は、帰り道、くっきりと夜空に浮かぶ満月を見上げ、心地のいい高揚感を満喫した。

それから程ない練習終わりに、「面白いもの、見つけたぞ」と、横川が一冊の冊子を差し出した。間もなく始まる関東学生選手権のパンフレットだった。

「初っ端から、物凄いのと当たる?」

シード以外で凄いのっていうことは、水嶋か?

「そんなんじゃないよ。それにどんな凄いのでも、それが対戦相手ならお前は平気だろうが」

「じゃあ、なんだよ」

見ればわかるということなのか、横川は、満面の笑みで、あるページを開いた。

見たとたん、賢人も仰け反る。

「松田がダブルス?」

「もう一つ、お楽しみが」

横川は、他のページを開いた。

「マジかよ」

「見ものだな。水嶋と岬のダブルス」

「しかも俺たちの山じゃん」

「まあ、こいつらが、俺たちと当たるまで上がってこられるかどうかわかんないけど」

みんな、それぞれのチームで、色々な意味で頑張っているようだ。

松田が、ダブルスのパートナー、部長の柳沢と一緒にコートに入ってきた。

わざと死角に入っている賢人たちには気がつかず、基礎打ちを始める。相変わらずクールでわかり辛いけれど、若干、動きが硬い。緊張しているのかもしれない。

俺と横川は黙ったまま視線を交わし、静かにそれぞれの線審の椅子に座る。

松田の後ろ姿は引き締まっていて、基礎打ちの間に、徐々に動きも軽くなってきた。

あの日から、またさらに基礎トレーニングにも力を入れてきたのだろう。そういった体作りのノウハウは、横浜湊で頭と体に染み付いているはずだ。

だけど、いくらなんでも、ダブルスは無茶だろう？

これは、松田の後押しをした賢人たちにも予想外の出来事だった。湊にいる間も、松田は頑なにシングルスに拘っていた。

賢人の心の中のつぶやきが聞こえたわけではないだろうが、松田が、ふと、後ろを振り返る。

パートナーの打ったシャトルがポトンと床に落ちた。

「どういうことですか？」

それを拾いながら、松田は少し切れ気味に尋ねる。

「線審だよ」

見ればわかるだろう？　と賢人は椅子に座ったまま肩をすくめる。

「遊佐さん、Aの第一シードでしょう？　今日はこの会場Bだけですから、試合ないですよね？」

Aと Bのカテゴリーの違いは、簡単に言えば、実力差だ。けれど、どちらにエントリーするのかは個人の自由なので、Aで上位を目指すのが厳しいと思えばBにエントリーして上位を目指すという、インカレ出場権に向けてのそれぞれの思惑もある。

「たまたま授業が休講だったから、チームの応援だよ」

「嘘ばっかり」

まったくの嘘ではない。この会場で出番を待つチームメイトも少しはいる。

松田は、もう俺とのやりとりは無駄だと思ったのか、深いため息をついた後で踵を返す。

「ここで、しっかり見てるから」

その背中に賢人は声をかける。揶揄《やゆ》はこめず、真摯に。

松田のダブルスのお手並みと思惑を、賢人は、ここで見届けるつもりだった。

「ラインをね。それが、線審の仕事ですから」

背中を向けたまま嫌みを返し、松田は、また基礎打ちに戻った。けれど、その瞬間、今まで対戦相手の陰に隠れていた横川にも気がついた。

横川がニッと笑うと、「もう、どうでもいいです」と、松田はがっくり肩を落とした。

ファーストゲーム、ラブオール、プレー。

柳沢は、ダブルスの経験も豊富なようだ。

まだまだ動きのぎこちない松田をリードしながら、松田の、このコートの中では群を抜いた技術力を上手に活かしている。

戦法としては単純明快で、ある意味、賢人たちにとってもお手本になる試合運びだった。

序盤で相手ペアの力加減を見極めると、力の劣る選手を徹底的に狙い撃ちして体力を消耗させ、弱ったところで決め球を打ち込む。執拗過ぎるほど、この繰り返しだった。

一方、自分たちが難しい局面に追い込まれた場合は、技術力のある松田による、切れ味のいいクロスレシーブで攻守を逆転させて切り抜けていた。

ここは、ストレートで勝ち抜くだろう。最初のインターバルで、賢人は確信した。

いや、このゲームだけじゃない。おそらくシードと当たるまでは、このレベルならなんとか勝ち抜いていくはずだ。賢人は、想像以上の仕上がりになっていることと、それ以上に最後の一打が決まるまで必死で球を追う松田の姿を誇らしく思った。

勝敗は問題ではなかった。松田が今までの自分のやり方を変えても、チームのために尽くそうとしている、その姿が何より賢人の胸を打った。

おそらく、松田は、秋のリーグ戦のためにこの大会でダブルスにエントリーしたのだろう。ここで、そして次の東日本でも、できる限りダブルスの経験を積んで、リーグ戦での確かな一勝を手に入れるために。

無事、線審を終えると、次のゲームからは応援席で二人を見守った。もちろん、自分たちのチームメイトにも声援を送る。

個人戦で応援に励んでいると、他の大学からは醒めた目で見られることもあるが、青翔大にはそんなことを気にするメンバーはもはやいない。今日は試合もないので来ていないけれど、いつもなら、部長の遠田さんが一番大きな声を張り上げているからだ。

松田たちは一ゲームごとにさらに動きもよくなり、その日は、危なげなく全ての試合を勝ち抜いた。結果的には、ダブルスではベスト16止まりだったらしい。

けれど松田は、やはりカテゴリーBでエントリーしていたシングルスでは、ノーシードから圧倒的な強さで勝ち上がり、賢人たちと同じ会場で行われる準決勝以上の戦いまで上がってきていた。松田の本来の実力からすれば、当然だったかもしれない。

水嶋と岬のダブルスは、三回戦で、首都体大の三年生ペアに惨敗していた。

自分たちの試合と重なり観戦することはできなかったけれど、点差を見る限り、実力差はかなりあったとしか思えない。

一年生ペアとはいえ、昨年のインターハイの決勝を戦った二人が組んだペアだ。水嶋はダブルスでも準優勝だった。それなりに注目も集めたが、榊の偉大さが、一部の仲間に改めて認識されただけの結果だったといえる。

しかし、そんな二人もシングルス戦ではきっちりと結果を残していた。実力者ぞろいの山を勝ち上がり、最終日には、どちらかが、もしかしたら二人ともが賢人の前に立ちはだかることになった。

そしてもう一人、確かな成長を賢人に見せてくれた仲間がいた。

事前になんの情報ももたず、賢人は個人戦の初戦の日、会場で思いがけない試合を観戦することになった。

シード選手の賢人は、最初の試合が始まるまでにずいぶん待ち時間があった。

アップに入るまでの時間つぶしに、何気なく見下ろしたコートに立っている選手の後ろ姿を見て、賢人は目を疑う。

そこには、少し逞しくなった輝の背中があった。慌てて、パンフレットを取り出して組み合わせ表を確かめてみる。

内田輝（東京大学）。東大から、ただ一人のカテゴリーAへの出場だった。チームの士気を高めるためにBのカテゴリーで出場した松田も、自分の実力をちゃんと測った上でAへの出場を決めた輝も、彼ららしく賢人にとっては誇らしい限りだ。

賢人は慌てて席に戻るとスマホを取り出し、横川にＬＩＮＥを送る。授業の都合で、シングルスの試合のない横川は、今日は遅れて会場に入る予定だった。今からの輝の試合には間に合わないだろうが、もし輝がこの試合を勝ち上がれば、次の試合には間に合うはずだ。

輝は、たった一人で会場に来ているのか、基礎打ちの相手もいないようだった。

コートの半分を使って、基礎打ちを始めた相手の隣で、軽く素振りをしながら、光の加減を確かめているのか、時おり天井を見上げている。

もし許されるのなら、すぐにコートに駆け下りて、輝の基礎打ちの相手をしてやりたかった。せめてもと思い、大きく身を乗り出して、「輝、頑張れ」と応援の声を上げる。ほぼ同時に、「輝、集中」と、反対側の応援席からも声が飛んだ。ついさっき試合を勝利で終えたばかりの水嶋だった。

輝は驚いたように応援席を見上げ、まず対面にいた水嶋を見つけ、その後、水嶋の指先を辿《たど》って賢人に気がついた。

輝は、一瞬、はにかんだ笑みを浮かべたが、すぐに表情を引き締め、ホームポジションについた。

輝は、タレント揃いの横浜湊では、ずっと控えだった。けれど、誰よりもバドミントンを愛し、チームを愛していた。部長になってからは、精神的支柱として、チームを支え続けた。

高校最後のインターハイ、実力をつけた輝が出場できるチャンスは何度かあった。けれど、輝は、あえてそのポジションを、部長として後輩の春日に与えた。次の世代に、経験を繋ぐために。

目の前にある栄光だけでなく、その先も見据えてチームを想う。それができたのが、賢人でも水嶋でもなく、内田輝だった。

だから今日が、輝にとっては初めて自分の実力を試せる晴れの舞台だ。その場に居合わせることができたことを、賢人はこの上なく幸せだと思った。

ダメ元で、水嶋を手招きしたら、案外あっさりと賢人の隣に移動してきた。

「輝が出ること、知ってたのか？」

「メール、もらってましたから」

「俺は気がついてなかった」

少し恨めしげに言うと、水嶋はすみませんと小さく頭を下げ、スッと視線をコートに向ける。面倒な先輩への対処の仕方は手馴れたものだ。

「で、どうなの？　勝てそう？」

「たぶん、輝の実力なら、ここは抜けると思います。けど、次はわかりません。玉山《たまやま》大の川野《かわの》さんは、この山ではぶっちぎりで強いから」

水嶋の言うとおり、輝は、順調にポイントを重ねていく。賢人たちの応援が必要な場面は、ほとんどないくらいだった。

「輝、やるね」

「はい。東大は今三部でも上位で、結構粒ぞろいなんです。部長の山野《やまの》さんなんか、ダブルスでインハイの出場経験があるんです。それでも、入ったばかりの輝が、あっという間に一番の実力者になりましたから」

「横浜湊ってすごいな」

「僕も、改めてそう思いました」

試合は、一方的になってきた。

無名の東大生に負けているせいか、相手のあせり具合も半端じゃなかった。そのせいでプレーが空回りして、ミスを積み重ねていく。

「あれ、誰？　結構、うまいんだけど」

「東大じゃん」

「内田輝だって。知ってる？」

「初めて聞くけど」

賢人たちのすぐ脇で、輝の対戦相手のチーム、南海商《なんかいしょう》大のメンバーが揃って首を捻っている。

神奈川県出身の選手が一人いたようで、「けど、あの顔、どっかで見たことあるんだよな」とつぶやく。

「横浜湊の元部長だよ」

賢人が振り向いて教えてやった。

「あっ、遊佐賢人」

フルネームで呼び捨てかよ。

「水嶋もいるし」

水嶋は呼び捨てでもいいけどね。

まもなく試合を終えたのか、岬もやってきた。

南海商大のメンバーは、賢人たちから少し距離をおいて仲間の試合を見守ることにしたのか、順繰りに左にずれていった。

　空いた隙間に、岬は悠々と体を入れた。

「お疲れ」

　水嶋は、視線を合わさず岬に声をかける。

「おう」

「いい感じで勝ったね」

「ああ」

　汗を拭いながら、岬が短く答える。水嶋の真剣な視線をたどるように、岬も目の前のコートに視線を送る。

「ウチの誰か、じゃないね」

「輝だ」

「内田くん？　へえ。彼の試合は初めてだな」

　そう言った後、岬も、輝の試合に集中した。

　会話を聞いている限り、二人はいい距離感を持っている気がする。

　それぞれの技量は、間違いなくトップレベルだ。そのうち、いい相棒に育っていくのかもしれない。チームの単複の要が卒業したばかりの早教大には、じれったいかもしれないが。

　21－15で、一ゲームをとった輝は、二ゲーム目のインターバルも、11－8と、まずまずの点差でものにしていた。

「輝、いい調子だぞ」

水嶋の声も弾んでいる。

タオルで汗を拭いながら、輝は大きく頷く。

気を抜くなよ。もしコートに立っているのが水嶋なら、賢人はそう声をかけたかもしれない。けれど、輝だ。どれほど勝利が近づいても、最後まで気を緩めることはないはずだ。去年の夏、横浜湊がてっぺんに立つためには、一ミリの余裕もなかった。それを誰よりも実感していたのは、輝だった。

21－17。輝があっさりストレートで試合を制した。

その直後、横川が、汗まみれで会場に到着した。

「輝、勝ったよ」

「マジか。見たかったな。けど、次はばっちり観戦できるな」

「じゃあ、俺は、そろそろ準備するから」

「おう」

「観戦もいいけど、基礎打ち頼める？」

「もちろん。こいつらとちょっと話したら、すぐに準備する」

右手を軽く上げて、賢人はその場を離れた。

振り返ると、水嶋と岬が、賢人の時よりもずっとにこやかに横川と話し込んでいた。

それぞれに無難に自分の試合を乗り切り、次の輝の試合を、水嶋と今度は横川も含めて一緒に応援することになった。

「あいつ、一人で来て、一人で戦うのか」

横川は、コートで基礎打ちもできずポツンとラケットを振っている輝を見て、ため息をこぼす。

「間に合ったかな」

どういうわけか、また岬が顔をつっこんでくる。

「お前関係ないだろ？　汗臭いんだけど」

賢人が岬に嫌みを言うと、「玉山大の川野さんは、省吾の比良山の二つ上の先輩です」と、水嶋がフォローした。

「じゃあ、よけいに、どっか他所《よそ》で応援しろ」

岬は素直に頷いてその場を離れようとしたけれど、水嶋が「気にしなくていいよ。遊佐さん、本気じゃないから」と言って笑う。

「そうそう。こいつの嫌みに反応してたらきりがないから」

横川まで、そっちかよ。

輝は健闘したけれど、一年の時から比良山のエースだったという川野の方が何枚も上手だった。

岬は、俺たちに遠慮することもなく、川野の応援に励んでいた。そしてストレートで勝利を手に入れた川野に、一際大きな声で、「ナイスファイト」と叫んだ。

川野は、大きく首を回して岬を認めると、誇らしげにガッツポーズを見せた。

輝が敗れたことは残念だが、こういう光景にはテンションが上がる。

繋がってるんだ。色んな場所で、たくさんの想いが。賢人は、久しぶりのそんな感触を嬉しく思った。

試合を終えた輝とは、次の試合の審判があるので、すぐに言葉を交わすことはできなかった。それでも、帰り際に「応援、ありがとうございました」と、賢人たちが陣取っていたエリアにわざわざ挨拶に来てくれた。

「うん。水嶋とは？」

「さっき、話しました。今日も全部勝って、絶対に遊佐さんまでたどり着くって、熱く語ってましたよ」

「そっか。けど、輝も、あと二年、俺が大学にいる間にもっと強くなって、当たれるところまで上がって来い。楽しみにしてる」

「はい」と頷いて、輝は笑った。けれどその目は本気だった。

次の大会では、もう賢人たちの場所まで駆け上がってくるつもりなのかもしれない。

大会最終日、すべてのカテゴリーで、準決勝、決勝が行われた。

松田は見事なラケット捌きで他を圧倒し、一ゲームも落とさず、カテゴリーB、シングルスでパーフェクトな優勝を手に入れた。つまり次からは、カテゴリーA、同じ土俵で戦うことになる。

その松田を、試合もないのにチームのメンバーがほぼ全員集まって、一つになって応援している姿も見えた。

少し、うらやましかった。松田があの頃と同じ温度でプレーしていることが。

どちらが幸せなんだろう。

バドが好きで、それだけで十分で、苦しみも辛さも、すべてを喜びに変えてくれる世界もある。

同じようにバドを愛しているのに、強くなければ意味がない、存在価値がなくなる自分のいる世界。

それぞれの価値を決めるのは、他の誰かじゃない、自分自身だ。いつだって自分で選択してきた、自分の行く道を。

賢人は松田に拍手を送りながら、そう自分に言い聞かせた。


準決勝で、賢人は久しぶりに岬と対戦した。最後に戦ったのは、賢人が中学三年の県大会決勝だったはず。

岬は思っていた以上にたくましく成長していた。体が出来上がってきたとか経験がちゃんと力になっているとか、そういう次元ではなく、岬のバドミントンのイメージがまるごと作り変えられたように進化していた。

最大のライバルだった水嶋とチームメイトになったことが、岬にとっては良い刺激になっているのかもしれない。

21－18、22－20と際どい点差だったけれど、なんとかストレートで下した。

「ありがとうございました」

岬は、試合後の握手で賢人に丁寧に頭を下げた。以前は、賢人に負けると不貞腐れたようにそっぽを向いていたのに。

「ライバルが増えたな」

賢人の言葉に、岬は、もう一度深々と頭を下げた。

決勝は、水嶋が上がってきた。

これは、予想外だった。水嶋の山には、遠田さんがいたからだ。

遠田さんは、つい最近インドネシアで行われた国際大会で、世界ランキング二位を破るという大金星をあげたばかりだった。その絶好調の遠田さんを、水嶋はあっさりストレートで破った。賢人でさえ、今の遠田さんに勝てる自信はなかったのに。

試合後、あれほど落ち込んだ遠田さんを初めて見た。

「リーグ戦の時、誰よりあいつが怖いってお前が言ってた意味、ようやくわかったよ」

春のリーグ戦、水嶋は、青翔大との対戦では出番がなかった。首都体大との対戦で第三シングルスに出てきた水嶋を、先に試合を終えたチーム全員で観戦した。あの時、水嶋は勝つには勝ったが、相手は主力選手の怪我で急遽出番の回ってきたサブメンバーだった。

水嶋は手を抜いたわけじゃない。ただ、対戦相手のレベルや士気に自分の調子も左右されるという弱点は相変わらずのようで、ダレたラリーを何本も続け、ファイナルまでもつれ込んで、やっとつかんだ勝利だった。

水嶋のプレーを、対戦相手としてはもちろん、ほとんど間近で見たことがない遠田さんの、水嶋への評価が低かったのは仕方のないことだった。

「水嶋は、相手が強ければ強いほど、ゲーム中に進化するんです」

「何か、割に合わん。騙された気分だ」

「確かに」

「こうなったら、きっちりお前がたたけ。っていうか、どうやってあいつを料理すればいいのか俺に見せてくれ。遊佐は、あいつに負けナシなんだよな？」

「水嶋に勝つコツは、我慢と気合です、っていうか、ほぼ気合です」

「俺、結構気合入れて粘ったよ。あんな長いラリー、久しぶりに何本も続けた。けど、際どい場所に何度打ち込んでも、分かってたみたいにそこで待ってて、あっという間に主導権とられちゃうし。ホント、やってられないよ」

「水嶋は、相手の気力を萎えさせる天才ですからね」

遠田さんの深いため息に送られ、賢人は決勝のコートに立った。水嶋とこんなふうに向き合うのは、二年前のインターハイの決勝以来だった。

遠慮する仲でもない。基礎打ちは、互いのチームメイトではなく二人でやった。

ファーストゲーム、ラブオール、プレー。

主審役の学生の声が小さすぎたので、賢人は自分で大きな気合の声を上げ、テンションを上げた。水嶋も負けないほど大きな声でそれに応え、いつもよりは少なめにクルクルッとラケットを回した後で、見慣れた構えに入った。

表情は少し硬い。緊張しているのだろう。こうやって二人でガチで対戦するのは久しぶりだ。当然かもしれない。

けれど、最初のサーブから厳しいコースをつく。わずかでも上ずった球が返ってきたら、思いっきり叩き込む。一瞬を見逃した方がやられる。

賢人は、精神を研ぎ澄まして、すでにコートを支配している熱気に飛び込んでいく。

速い。

球も、戻りも。くずしようのないスピードと正確さだった。

しかも、重い。

今日は一段と、球の重さに厚みがある。

お互いに絶好調か。

長丁場の競った試合になるのは間違いなかった。

それでも、序盤には水嶋のプレーを細かく分析する余裕もあった。

ネット際の上手さは相変わらずだが、それより何より一番進化したのは、攻撃への意識かもしれない。

時間稼ぎのロブをほとんど上げない。やむなく上げるときも、一番叩かれにくい場所を瞬時に判断して、攻撃的なロブを打ってくる。

スマッシュかと思えばドリブンクリアーで、何度もコートの奥に釘づけにされた。コントロールがいいので、見送るのも危険だ。自信を持って見送った時でも、ほんのわずかラインの内側だった、なんてことは、一度や二度じゃない。

マジ、嫌だ。水嶋と打つと、本当に疲れる。

けど、楽しい。

なんだろう、この足元から突き上げてくる躍動感。キュッキュッというシューズの音がこれほど耳に心地がいいのはなぜなんだろう。

体育館は、試合を終えた選手が引きあげたせいで、静まり返っている。

その中で、自分が、そして水嶋が、コートの中でどんどんステップアップしていくリズムを、賢人は体中で感じていた。

水嶋に勝つコツは、気合だけじゃなく、バドを純粋に楽しむこと。この試合に勝って遠田さんにそう伝えよう。

21−19、23−25。お互いに際どく一ゲームずつを分け合った後、賢人はそう思った。

水分補給が追いつかないほど、汗が半端じゃない。

ファイナルが始まる前に、横川が、替えのユニフォームとタオルを持ってコート脇に来てくれた。堂々と裸になる水嶋を横目に、いつも通り賢人はこっそり素早く着替えを済ませる。

「惜しかったな」

「最初から、ストレートで勝てるとは思ってないよ」

「あいつ、やっぱ凄いな」

水分をとりながら、賢人は頷く。

「けど、二ゲーム目の後半から、あいつも足の動きが悪くなってきた」

さらに水分を補給した後で、賢人は笑う。

ペース配分がへたくそなのは変わっていない。だから、疲労が足にたまる。

いつも精神力でそれをカバーしようとするけれど、限度がある。ファイナルは、いっそう、コートを走り回らせてやる。何度でも全力で立ち向かってくるだろうけど、それが最後の一本の命取りになるはず。最悪、30点で逃げ切っても、勝ちは勝ちだ。

「この後、ダブルスの決勝もあるけど」

「そこは、お前が頑張れ」

「やっぱりね」

そう言って肩をすくめると、横川は応援席に戻っていく。すれ違いざま汗を拭う水嶋に、「お前も頑張れよ」と声をかけていった。

ファイナルゲーム、ラブオール、プレー。

「水嶋、集中」

水嶋がホームポジションについた直後、思いがけない声が大きく会場に響いた。

この声は、榊だ。

水嶋の表情が、一変した。闘志がみなぎるって、こういう顔を言うんだろうな。

いい感じに弱らせてきたのに、榊、なんで今頃応援に来るかな。俺が必死でそぎ取ってきたものを、そんな一言で、簡単にとり戻すんじゃないよ。

「一本」

「集中、集中」

横川や遠田さんの声じゃ、今さらテンション上がらないけど、ありがたく受け取っておく。

こうなったら、覚悟を決めて、最後の一打まで存分に楽しもう。

瞬時に閃《ひらめ》く一打を、相手コートに叩き込む快感。相手の決め球を奪いとる爽快感。

こいつに負けたら次はないという恐怖さえ、喜びに変えよう。

賢人は、ひたすら球を追い続ける。

自分の場所へ、自分の打点へ、考え続けたことはそれだけだった。

わずかな隙間から零れ落ちる勝利。

最後の一打まで、水嶋は決して諦めない。

けれど、もうすでに悟っているはずだ。自分のたった一度の判断ミスが、最後のゲームの流れを変えたことを。

28－26。30点までもつれ込まなかったのは、幸運だった。勝ったというより、なんとか凌いだという感触だった。

拭いきれない汗で目が沁みる。勝者サインに行く足取りも重い。

時間をおかず、ダブルスの決勝が始まる。しかも相手は、進化したツインズに手を焼きながらも、粘りのプレーで勝利をもぎとった首都体大のペアだ。

ここまで心身を抉《えぐ》られるなんて、ほんと、水嶋はやっかいだ。

だけど、楽しかった。この上なく、最高のゲームだった。

賢人は体を休めながら、遠田さんに、そのことだけは伝えた。

遠田さんは、こう応えた。

「あんな汗まみれで、足元もふらついて、それでも楽しそうな顔をしてる奴ら初めて見たよ。横浜湊、ホント、バカばっかりだな」

横川のサポートもあり、というか、ほぼ横川の頑張りで、ダブルスでの優勝も決めた。横川のそのすさまじい気迫に相手ペアはやられた、と言っても過言ではないだろう。

春のリーグ戦に続き、万全の態勢で臨めば、秋のリーグ戦、インカレと、団体優勝を手にできるという自信が、賢人はもちろん、チーム全体にできた大会になった。

第六章　先の見えない未来

最初に違和感を覚えたのは、一ヶ月前だった。

ゲーム形式の練習中にほんのわずか、ラケットワークに違和感があった。けれど、プレーに影響を与えるほどのものではなかった。試合を終えて、身支度を整えている間に、違和感のことは忘れた。

それからしばらく経った練習終わりに、ふと、気がついた。

右手の指先が、異様に冷たい。汗が引いて冷えてきた体よりずっと。

他の指は、左手でこすって温めると、温度も色も取り戻したけれど、薬指だけは、冷たく白いままだった。その冷たさが賢人の全身に悪寒を走らせ、右手だけでなく、全身が痙攣したように震えた。

血行障害。漠然とした知識はあった。

震えが止まった後、言い聞かせた。

ちょっとした、血行障害。どうってことないさ。

これ以上、不安と違和感を抱えたまま競技を続けることはできないと思った賢人は、久しぶりに実家に戻った。

親としてはもちろん、幼い頃から賢人のバドミントンを指南してくれているコーチとしての父に、賢人は自らの右手を差し出す。

その指先をひと目見た父は、すぐに賢人を連れて病院に直行した。父と一緒に医者の話を聞いた。

「手指血行障害だと思われます」

「治りますか？」

「どれくらいかかりますか？」

父と賢人がほぼ同時に尋ね、医師は苦笑いを浮かべる。

「日常生活に支障がない程度には治ると思います。時間は、治療方法によって、かなり変わってくると思います」

「アスリートとして第一線に、できるだけ早く戻してやりたいんです」

父は、賢人の問題のない左手に、自分の右手をそっと重ねる。

「元の状態に戻るのは、かなり難しいと思います。時間も必要です」

けれど、医師の口からでた言葉は厳しいものだった。

「原因は何なんでしょうか？」

賢人の言葉に、医師は、わかりませんと首を横に振った。

「もっと詳しい検査をして、その結果を見てからでないとはっきりしたことは言えません。一般的なことを言えば、長い間指を酷使し続けた結果、あるいはストレスが原因ということとも。おそらくいくつかの要因が重なったのではないかと思います」

幼い頃からラケットを握っていた。他の誰より練習に励んできた。努力を惜しまないことが、自分の一番の才能だと信じてきた。頂点に立つ重圧にも耐え続けてきた。

その結果が、この指先だとしたら、本当に笑える。やってられない。

どうしてこんなことに？　どうして俺なんだ？　賢人は心の中で、ずっとそう繰り返していた。

「この子は、今から世界に出て行く、伸び盛りの選手です。元の状態に、できるだけ早く、できるだけ負担の少ない治療をお願いします」

父は医師に頭を下げた。

「善処します」と、厳しい表情のまま医師は応えた。

その日は、一旦帰宅し、改めて検査のための予約をとった。

病院の長椅子で、検査にも待ち時間にもうんざりしていると、父に聞いたのか、横川が病院に駆けつけてきた。

遠田さんと横川には、次の試合までしばらく寮には戻らない、とだけＬＩＮＥを送っていた。

そんなことで納得できるはずないとわかっていたけれど、自分も混乱し、先の見えない状態で、伝える言葉がみつからなかった。

おそらく横川は、連絡の取れない賢人を心配して、父からここを聞いてきたのだろう。

「なんで黙ってたんだ」

「ごめん」

心配をかけたくなかったから？

いや違う。賢人は知っていたからだ。この先にある自分の決断が、否応《いやおう》なしに、今まで以上に横川を巻き込んで行くことを。

自分がわずかでも迷っている間は、決して口にできない。

「無理すんなよ。次の試合は辞退しろ。監督もそうおっしゃっている」

「いや、出る」

検査の結果がどうあれ、そこの気持ちは固まっていた。

「どうして？　ここで辞退してもインカレには出られる」

「個人戦では水嶋と当たる」

「そりゃそうだけど」

賢人は、横川と視線を合わせ、背筋をのばした。

「俺、この大会が終わったら手術を受けることになるかも。お前に迷惑かけるけど、世界学生選手権は辞退するしかない。秋のリーグ戦もインカレも無理だと思う」

どうしたって、横川に、チームに、迷惑をかけてしまう。

その事実にも気が滅入ったが、それより何より、手術を拒否するかもしれない。結果として、指を失うことも覚悟の上だという本心を、横川に言えないことが辛かった。

手術に百パーセント成功する保証はありません。神経に支障が出ることもあります。医師のその言葉に賢人はどうしても頷けなかった。

「手術？　どういうこと？　そんなにひどいのか？」

横川の視線は、賢人の目と右手の指を、落ち着きなく行ったり来たりする。

賢人は、ひどく冷えた右手の薬指をサポーターの上からそっと左手で包み込んだ。

何も答えられない賢人に、沈着冷静な横川が、珍しく一緒に言葉を失った。

長い沈黙の後、ようやくこう尋ねた。

「手術すれば治るのか？」

賢人は首を横に振った。

「わからないんだ。何も。まだ検査中だから」

横川はまた口をつぐんだ。

「わかっているのは、うまくいっても、リハビリを含めて半年以上、使いものにならないということだ。その後も、プレーヤーとして、今までと同じレベルにいられるかどうか」

「そういうことは、結果が出てから考えればいいんじゃないか？」

もちろんそのつもりだけど、と、賢人は頷く。

だけど。

膝の古傷もぶりかえしてきた。慢性の腰痛もある。ごまかしながらここまで来たけれど、指までやられたら、長く激しい高度なラリーに耐えられる体に戻るのは、難しいかもしれない。

「最後になるかもしれない。それなら、俺のありったけの力で、水嶋をもう一度たたき潰す」

「最後って何？　結果が出ないうちに、何にも立ち向かわないうちに、諦めモードかよ」

「諦めちゃいない。俺はきっと元の場所に戻るし、そこから次のステップにも進むつもりだ。ただ……」

横川が賢人に訝しげな目を向ける。

シングルスは無理かもしれない。その一言も言えなかった。

シングルスがダメなら、ダブルスで？　そんな甘っちょろいことを、ダブルスに懸けている横川に言うのか。それを横川はどう受け止める？

「ごめん。お前を巻き込みたくなかったんだけど」

代わりにそう答えた。

自分の甘えで、横川を、選択の余地のない場所に追い込んでしまうから。手を差し出せば、必ず握り締めてくれるとわかっているから、手を伸ばすことができなかった。

だけど、結果として、今この瞬間、自分は横川に手を伸ばしている。

「バカじゃない？」

横川は本気で怒っていた。こんな目をした横川を初めて見た。

無理もない。突き放すことなどできない場所で、否と答えられない状況に追い込んだのだから。

「お前、俺を何だって思ってるんだ？　お前まで、俺をお守り役だとかおまけだとか思ってんじゃゃないだろうな」

「まさか」

「俺は、バドを始めた時からずっと一番を狙ってる。お前なんか関係ない。むしろ、お前を利用してでも、てっぺんに立つ。その想いだけで、ここまで上がって来た。迷惑とか、巻き込むとか、そんな上から目線で言われたらムカつくんだけど」

「だって、お前は、卒業したら教師になりたいって」

「俺の夢は次の世代にバドの凄さと面白さを伝えることだから。けど、教師になるのなら、俺は、伝えられるもの、誇れるものを、自分の中にちゃんと詰め込んで消化してからって決めている」

「だから？」

「行けるところまで行くつもりだ。自分の精一杯で。お前のためじゃない。俺自身のために」

賢人は、驚きながら、それでも横川ならこんなふうに応えてくれると、心のどこかでわかっていた気もした。

「俺はお前を見下したことなんか一度もない。ただ」

賢人の言葉をさえぎり、横川はこう言った。

「ただ、お前は、俺に甘えすぎなんだよ」

賢人は素直に頭を下げた。賢人が言うつもりだった言葉を、横川が口にしたからだ。

横川は、フッと笑って肩をすくめる。

「もし指を失《な》くしたとしても、必ずコートに戻って来い。俺は、絶対にお前と、ダブルスでてっぺんに立つから」

横川は、賢人がどうしても言えなかった一言まで、サラッと口にしてくれた。すべてを呑み込んで、こいつは腕を広げて待っている。本物のバカだ。そして、自分はどうしようもない甘ったれだ。

自分を嗤うのは簡単だ。けれど、賢人は左手の拳を何度も握り締め、嗤いも涙も堪えた。まだ、大切なゲームが残っている。

それを仕上げるまで、楽になっちゃいけない。


インカレ前哨戦となる、東日本学生選手権が始まった。

個人戦、賢人はシングルスにだけエントリーをしていた。ダブルスは、横川が、断固として出場を拒んだ。

喜多嶋監督は最後までシングルスでの出場にも反対していたが、賢人自らの決心が固いことに根負けをして、なんとか了承してくれた。

それも「俺は指導者として失格かもしれないが、一人のバドミントンを愛する者として、お前の決心を尊重する。そして、この結果がどうなろうと責任は俺にある」と言ってくれた。どんな責任も監督に求めるつもりはさらさらないが、こういう指導者の下でバドミントンができることを、ありがたい、と心から思った。

賢人はトーナメントを順調に勝ちあがっていった。準々決勝では、追い込まれはしたが、なんとかストレートで勝つことができた。これで、次は水嶋だ。もし水嶋が上がってこなかったら、そのまま辞退することは、横川との暗黙の了解になっていた。

いつもなら痛んだ箇所にアイシングするのに、横川は、ずっと賢人の指先を温めることに専念していた。

「大丈夫、平気だから」

「なわけあるか。色の違いは俺にもわかる」

「そっか?」

「ここからきれいに二つに分かれてる」

賢人は小さく笑う。

検査入院の初日に、里佳さんが病室に顔を出してくれた。医学部で学んでいる里佳さんには、メールで正直に指の状態を報告してあった。

里佳さんは、「きれいに三相に分かれてるわね。蒼白、チアノーゼ、紅潮」と言った。

賢人には白と肌色に分かれているだけにしか見えなかったのに。

「水嶋は、どう？」

「ファイナルまでもつれ込んでる」

「遠田さんは、あっさり勝ったんだよな？」

横川は頷いた。

遠田さんも、指のことは知っている。団体戦はもちろん、個人戦に出場することにも最後まで反対していた。だけどこうも言った。

「俺でも出るけどね。ダメだってわかってて、間違った選択だって知ってるのに、そっちの道を選ぶ。お前も俺も」

一年前の自分の怪我を思い出したのか、その後で大きなため息をついた。

結局、あの団体戦での無理な戦いで怪我が悪化しポイントが稼げず、遠田さんはオリンピックも断念した。

「別に、最初から次の次狙いだったしね」

遠田さんはそんなふうにうそぶいていたけれど、怪我がなかったらあのコートに遠田さんが立っていたかもしれないと、オリンピック中継を見ながら、賢人でさえそう思った。

個人戦の前に行われた団体戦、賢人はただベンチを温めていただけだ。遠田さんも、賢人の登録をきっぱりと拒否した。その代わり、自分が、シングルスだけでなく時には横川とダブルスを組んででまでフル出場していた。ツインズも自分たちの仕事をちゃんとこなしてくれた。

けれど結果として、優勝は早教大にさらわれた。どこと対戦しても、水嶋と岬がきっちり二勝をとり、後は、菱川さんがシングルスかダブルスで一勝をもぎとっていた。

この先、水嶋と岬がダブルスでも力をつけたら、早教大はしばらく王者として君臨するかもしれない。やっかいなチームになった。

それなのに、青翔大はこの先、遠田さんにとっては最後になるリーグ戦はもちろん、インカレの団体戦も賢人なしで戦わなければならない。賢人のシングルスはともかく、横川とのダブルスは、チームにとって確実な一勝として計算できるものだった。

申し訳ない気持ちで、賢人は胸がつまった。

「まあ、お前が水嶋を倒してくれたら、俺のシングルス優勝は決まりだけどね」

遠田さんは、最後にはそう言って賢人の肩にそっと手を置いた。

横川が自分のスマホを取り出した。

「水嶋、26－24で、なんとか振り切ったって」

「相変わらず、相手の調子に引っ張られる奴」

「で？」

「そこは、ちゃんと利用させてもらうさ」

「お前は天才だ。諦めない天才だ」

水嶋との準決勝、横川はこう言って賢人をコートに送り出してくれた。

ファーストゲーム、ラブオール、プレー。

賢人は、いつもよりずっとゆっくりとしたペースで、ゲームをコントロールした。

この試合には、今まで以上にどうしても勝ちたい。必要なことは、一ゲームを先取すること、そして、体力を温存すること。

けれど、賢人は、そのためにラリーのペースをコントロールしたわけじゃない。もっと大切なものを確認したかった。

勝つために一番必要なことが、レベルの高いラリーの中でも、今の自分にまだできるかどうか。

同じフォームから、様々な球種を打ち分ける。誰もが知っている、一番難しい基本だ。日々の練習の地道な積み重ねでしか、それを培《つちか》うことはできない。そのせいで、皮肉にも指を失いかけているが、それを悔やみたくない。それこそが今この瞬間も自分を支えているのだと確かめたい。

全ては、いつも、自分の目の前の一勝のために。

賢人は、ロブを、クリアーを、いつもより多めにコート奥に打ち込んだ。

同じフォームから、賢人が、ストレート、クロスへの打ち分けはもちろん、ヘアピン、あるいはクロスネットに打ち込むことができることを、ずっと賢人のそばにいた水嶋はよく知っている。

しかも、水嶋はとても動体視力がいい。良すぎる。

賢人の足の動きや手首の動き、視線、ラケットの向き、フェイクの数々まで、すべてを見てしまう。

おかげで、賢人の意図どおり、水嶋の動きをある程度封じ込めることができた。水嶋は、自分のできる最善のことをしていた。常に前後左右に動けるよう、驚異的な素早さで、ホームポジションに戻り続けている。

そうやってジワリジワリと水嶋の体力をそぎ落とす。

今、賢人がもてる技術すべてを見せるように、多彩なショットを、緩急をつけて打ち分けた。ただし今や賢人の代名詞になっている、高速スマッシュは極力封印した。指への負担を抑えるためだ。

一ゲームを21－19で賢人がとった直後には、水嶋は賢人の何倍もコートを走り回っていた。

直前の練習不足、指への不安。馴染みの右膝の不調。これでやっと対等になった。

セカンドゲーム、ラブオール、プレー。

水嶋は一打目から仕掛けてきた。

賢人のリズムではなく自分のリズムで。水嶋は体全体で自分の意気込みを示した。

7－11でインターバルをとられた後、賢人はこのゲームを諦めた。

諦めない天才、そう言って送り出してくれた横川には悪いけれど。

今の自分の体力では、ここをもつれ込んで、もし落としたら、絶対にファイナルの最後まで踏ん張れない。そう判断した。

もちろん、無理のない範囲でのショットには手を抜かなかった。

水嶋は、気持ちよさそうに自分のバドミントンを楽しんでいるようだ。弾むようにコートを躍動し、体をしならせ、様々なショットを打ち分けている。

ファーストゲームで賢人が見せたほど高度な技術ではなかったけれど、いつもよりイメージは鮮明なようだ。

また盗まれちゃったな。賢人は少し恨めしげな視線を水嶋に送る。

一打ごとに調子を上げ、水嶋のいつもよりずっと巧みなラケット捌きに、賢人は、何度かノータッチでポイントをとられた。悔しかったけれど、そこは割り切った。

今の自分にできることをやる。とにかく最後に勝利をもぎとるために、プライドを捨て、湧き出てくる焦り、それ以上の躍動感を封じ込めた。

15－21。

経験したことのない意外な点差に戸惑うように、水嶋が、賢人を少し不安げな目で見る。団体戦に出場していなかった時点で、賢人に何か問題があるのでは、と誰もが察していたはずだ。けれど、シングルスの個人戦が始まり、いつも通り順調に勝ちあがる賢人を見て、何があったにせよそれはもう解消されたのだと水嶋は思っていたのかもしれない。

対戦して初めて、そこに在り続ける問題が水嶋の目に映った。けれど、水嶋は、そんなことで手加減するような奴じゃない。

一旦コートで向き合ったら、最後のショットがどちらかのコートに決まるまで、全力でいやそれ以上の力を振り絞って戦い抜く。水嶋はそういう奴だ。だからこそ、自分はこのゲームを切望した。

ファイナルゲーム、ラブオール、プレー。

自分も、全てをこのゲームに注ぎ込む。

色を失っている指先をそっと握った。よかった。まだ、ちゃんと感覚がある。

ホームポジションで、賢人は水嶋と同じリズムでラケットをクルクルッと回す。そのしぐさを見て、緊張した表情をしていた水嶋が、わずかに口角を持ち上げた。

長い、けれどセカンドゲームとはパワーもスピードも違うラリーが何度も続いた。滴り落ちる汗を、ラリーが切れるたびに左手で拭い、コートの外に捨てる。

11－10。かろうじてインターバルはとった。15点までが勝負の鍵を握る。ラリーを凌ぎながら、そう感じていた。

このままいったりきたりのシーソーではだめだ。どこかで、いやできる限り早い段階で連続ポイントが必要だ。多少の無理をしても。

それまで抑えていたジャンプスマッシュも、立て続けに打ち込んだ。

それでも、驚異的な反射神経と粘り強さを持つ水嶋相手では、なかなか思い通りにポイントは決まらず、追いつかれては次のラリーを制し、また追いつかれるという繰り返しで、1ポイント差のまま15－14。

15点目を決めたのは、それほど威力もないネット前へのプッシュだった。

賢人にとっては痛恨のミスショットだった。が、水嶋にとっても、まったく予期せぬコースだったらしく、まさに賢人が打ち込もうとしていたその場所から、水嶋は、ポトリと落ちたシャトルを呆然と眺めていた。

冷や汗が流れる。

深呼吸をしてから、ラケットをさりげなく回してみた。いつもと同じように元の場所に収まった。けれど白い部分が心なしか増えているように見える。

そして気づいた。指先についさっきまであった疼痛《とうつう》がない。

震える心を宥めるように、ホームポジションで自分を鼓舞する声をあげようとしたその瞬間、横川の「一本」という大きな声が届いた。呼応するように、賢人は大きな気合の声をあげた。

大丈夫、まだやれる。絶対に諦めない。

また長いラリーが始まった。

ここで1点が欲しい。どうしても連続ポイントが欲しかった。

水嶋の得意ショット、鋭いカットを封じ込めるため、ロブを高くあげないように細心の注意を払った。この指先でも体さえうまく運べばそれはできるはずだ。

そうやって、水嶋のミスを誘い込みたかった。

水嶋のプッシュがわずかに浮く。インパクトの瞬間、水嶋自身も後悔の表情を浮かべた。

賢人はそれを見逃さなかった。万全の体勢から切れのいいドライブをクロスに返す。

今度は、幸運にも、球は賢人の意図したコースに飛んだ。水嶋はなんとかラケットに当てたが、球はネットを越えなかった。

この先、指のことを考えれば、ネット際の難しいラケット捌きを避けるようにプレーするしかない。

2点差のまま、17－15。

最後に延長を重ねる体力はない。

勝負の流れを決めるためには、ここで、また1点が必要だ。

賢人のサービス。水嶋の視線は、はっきりと賢人のグリップを握る手に注がれている。不安と闘志が交互に点滅しているような目だ。

賢人の不調を察し、それでも感情を断ち切り勝負に徹しようとするように、水嶋は大きな気合の声を上げた。

そうだ。その気合でかかってこい。賢人はわずかに頷いた。

次がその日一番の、長いラリーになった。

初っ端から水嶋のペースだった。力強くしなやかに、コートをいっぱいに使った、リスクを恐れもしない、水嶋のバドだった。

賢人は真正面からそれと向き合った。ここで萎えたら、何もかもが無駄になる。どれほど際どいコースでも見送ったりはしなかった。ラケット捌きへの不安は、体の運び方でカバーした。駆け引きをしながら、相手の駆け引きを潰していく。

ようやく水嶋のリズムが崩れた。そこから一気に攻撃に転じる。結果、手に入れた最高の場所、最高の打点から、渾身のジャンプスマッシュを、水嶋の死角に叩き込んだ。

あの水嶋が、一歩も動けなかった。

18点目を手に入れた。ただ、賢人は右膝にその代償をくらった。

着地の瞬間、馴染みのある鈍痛に、キーンとした強さが加わった。

その次も、厳しいラリーだった。おまけに痛みのせいなのか、通常の汗ではない冷や汗がとめどなく流れていく。

1点を諦め、不利なラリーを切るべきだったかもしれない。

だけど、賢人はそうしなかった。

ゲームで二度諦めたら、それは駆け引きではなく敗北だ。絶対にもう諦めない。

痛む脚を無視して、賢人はコートを走り回り球を追い続けた。今の自分にできること、自分の場所へ、必死で足を動かした。

が、結果は、想定していた中で、最悪のものだった。

スマッシュのインパクトの瞬間、ラケットが隣のコートにまで飛んだ。

ないことではない。ラケットはその瞬間まで軽く握られているだけだから。けれど、賢人自身は初めての経験だった。

苦笑しながら頭を下げる場面だが、そんな余裕もなかった。あきらかに異常な様子の賢人に、青翔大のベンチは静まり返っている。つられるように、早教大の応援もまばらになってきた。

あげくに次もありえないミスショット。大きくエンドラインを割った。せっかくつけた3点差を1点差にまでつめられ、18－17まで追い上げられた。

だけど、そのための3点差だったはずだ。

次をとれば、また2点差。いったりきたりでも2点差があれば勝てる。

シャトルは、嫌みなほど正直だ。特に柔らかいショットでは、感覚のなくなった指でラケットを操る賢人をあざ笑うように、シャトルは、賢人の意図とは違う場所へ違う角度で飛んでいく。それでも賢人は、手首の角度や切れを工夫しながら、考えられる最善のショットを繰り出し続けた。

いつもよりずっと不規則な飛び方をする賢人のシャトルの行方を、水嶋は、何度か不安な目で追った。追いながら、それをきっちり厳しいコースに返してくる。

痛みも不安も、消えはしない。一打ごとに増すばかりだ。

けれど、それでも楽しかった。賢人は夢中で球を追い、水嶋の弱点を探し攻め続けた。

20－19。

追いつかれたら、おそらく負ける。

痛みさえ感じない指のことはわからない。それより、膝が限界だった。

このゲームでは、初めてのロングサービスを、コートの奥に放り込んだ。

水嶋は、少し体勢を崩しながらその球を返してきた。

次の次が狙い目。普段の賢人ならそう判断した。でも、そんな余裕はなかった。ネット前に走りこみ、水嶋から一番遠い場所に、やや強引に球を押し込んだ。

サイドラインを割った？

インパクトの瞬間そう思った。ところが、庇《かば》うように親指に力が入りすぎたのが幸いしたのか、シャトルは、思いもよらない軌道を描いてラインの内側に落下した。

21－19。

「ナイスショット」

そうじゃないことは、横川にもわかっていたはずだ。

けれど、そう宣言することが、最後まで全力で立ち向かってくれた水嶋への感謝の言葉になる、横川はそう思ったのだろう。

ネットを挟んで、水嶋は、黙って左手を差し出してきた。賢人は、あえて右手を差し出した。

水嶋はラケットを持ち替え、目を見開き唇をかみしめて、右手で賢人の掌をそっと握った。

「ありがとう」

自然と賢人の口からこぼれた一言に、深々と一礼をした後、視線を合わせることなく、水嶋はコートを去っていった。

　水嶋との試合終了後、賢人は遠田さんとの決勝を棄権して、すぐに病院に直行した。遠田さんともできるなら試合をしたかったけれど、その状態で賢人が強行するなら、自分が辞退すると遠田さんに脅され、喜多嶋監督も次のゲームにはどんな理念もない、ただの無謀だ、と賢人の前で仁王立ちをして反対したので、素直に頭を下げて従った。

　幸いなことに指先は、数時間で感覚を取り戻した。

　翌日から、検査と並行して、投薬や温熱療法も開始された。

　四日目の夕方、水嶋が榊と病室を訪ねてきた。

「榊、久しぶりだな」

　水嶋は、この世の終わりのような顔で黙ったままだった。仕方なく、少しは愛想のいい榊に賢人は声をかける。

「できれば、こんな場所で会いたくなかったです」

「まあ、そう言うな」

　榊が、お前も挨拶ぐらいしろよと、黙ったままの水嶋の背中をたたく。

「俺のせいですか？」

　水嶋は、今にも泣きそうな顔でそう言った。

「はい？」

「俺との試合で無理をしたから、入院とか、そういうことになったんですか？」

榊が、バカ、と水嶋をまた肘で小突く。

「なわけないだろう。もし、そうだとしたら、俺、大バカじゃん。お前ごときのために、自分の選手生命を危険にさらすなんて」

「けど」

「ベッドの周りでごちゃごちゃ言うな。うっとうしいから」

「水嶋は、ゲーム中に、遊佐さんの指がおかしいんじゃないかって、気がついたらしいんです。けど、最後まで、知らん顔して続けたって」

「そんなこと、当たり前だろ？　それより、水嶋、里佳さんは？　全然見舞いに来てくれないんだけど」

「姉貴は、今、ニューヨークです。学会のお供だとか」

「そうか」

最悪、指を切ることになっても、投薬だけで治したいって言ったたって？　手術で神経がだめになったら、どうせバドへのハンディは同じだから？　遊佐らしいね。だけど、私でもそうするかもしれない。もっとも私は、遊佐と違って、ちゃんと勝算あっての判断だけどね。

里佳さんは、そう言って、賢人の指をおまじないのように何度も撫でてくれた。

あんなに優しく笑ってくれたのに、あれっきり会いに来てくれなくて少しへこんでいたけれど。ニューヨークか、なら仕方ない。ちょっと回復したかも。

だから、水嶋、もうそんなヤバイ顔はやめろ。

賢人が、景気のいい言葉を探して視線を泳がせていると、「おっ、久々のツーショットだな」と、タイミングよく、ラケットバッグを抱えて横川が病室に入ってきた。

「ご無沙汰してます」

榊は、横川に丁寧に頭を下げた。

榊は、本当に大人っぽくなった。高校時代は、水嶋のほうが大人びていて、保護者みたいに、榊にあれこれ指図していたのに。

やっぱり、バドばっかやってちゃ、ダメなのか？　賢人は意味もなく天井を見上げる。

「水嶋、ちょうど良かった。俺、お前に話があったんだ」

「何ですか？」

沈んだ声で水嶋は応じる。

どうやったら、こいつのテンションは上がるんだ？　面倒な奴だな。

「お前、俺とダブルス組まない？」

ほう。

「えっ？」

いいかもしれない。

「もちろん期間限定なんだけど、一緒に全日本の予選に出ない？」

「けど、ダブルスでは、俺、予選にも出る資格がないっていうか」

「そこは、推薦枠でなんとかならないか調整中」

「でも」

水嶋が賢人を上目遣いに見る。

「俺は賛成だ。遠慮するな」

水嶋のためにもいい経験になるだろうし、横川の糧にもなるはずだ。

「そうだよ、遊佐は、こんな有様で当分使い物にならないんだから」

「いや、その言い方はちょっと」

まっすぐな榊が、少しムッとした表情で横川に突っ込む。

「本当のことだ」

賢人は笑う。

「俺は、遊佐と一緒にへこんでる場合じゃないんだよ。今よりずっと強くなってなきゃ、戻ってきたこいつのフォローなんかできないだろ？」

横川は、榊を宥めるようにそう言った。

「俺からも頼むよ。水嶋は俺と似たタイプだから、横川もやりやすいはずだ。それに、俺よりちょっとばかりへたくそだから、横川のいい修業にもなるしな」

「わかりました。遊佐さんが戻ってくるまでっていうことなら」

なぜか、榊が、首を捻る水嶋の代わりにそう答えたけれど、水嶋にはつっこむ元気はまだないようだ。

「まあ、遊佐とよりうまくいったら、ずっとっていうのもありだけどな」

　横川の言葉に、水嶋は、首をブルブルと横に振った。

「なあ、水嶋、お前は、こいつに一ミリだって負い目を感じることはないんだぞ」

「でも」

「遊佐は、自分の指がどんな状態なのかちゃんと知っていた。試合に出ることのリスクもわかっていた。全部わかっていて、自分で決めて、あのコートに臨んだ。お前は、今の遊佐の状態に何の責任もないんだ」

　そう、今の賢人の状態は、誰かの責任じゃない。賢人は、賢人自身の責任でさえないと思っている。

「でも、もし相手が俺じゃなかったら？　俺が相手だから、こだわったんですよね」

「どうして、そう思う？」

「ファイナルの途中、たぶん15点目辺りからその指に感覚はなかったはずです」

　水嶋は見たくないものを見るように、賢人の指に視線を向ける。

「18点目のジャンプスマッシュで、右膝にもダメージがきたのがわかりました。遊佐さんは、あの時点でゲームをやめるべきだった」

　指だけじゃなくて、膝もばれてたのか。まあ、ばれるか。横川も遠田さんも気づいたらしいから。喜多嶋監督は、頭を抱えていたそうだし。

　ゲームの後半、指を庇い続けたせいで、次々と体のバランスを崩していった。最悪が右膝へのダメージだった。賢人は深いため息をついた。

「なのに、それでも、遊佐さんは試合をやめなかった。この先どこまで続くかわからないラリーを、一度も切らなかった。……俺が、知らん顔したから。遊佐さんの痛みを知らなかったようにゲームを続けたから」

まあ、そうなんだが。

「楽しかったからだよ。痛みなんか、感じなかったんだ」

「嘘、つかないで下さい。あの汗は、絶対に痛みのせいだった」

「水嶋、なんでも憶えてるのって凄いけど、あんまり役に立たないな」

横川が、賢人の代わりにそう言ってくれた。

「どういう意味ですか？」

「憶えていることをちゃんと判断できなきゃ意味がない。遊佐は、マジで楽しかったんだよ。痛みさえも楽しんでいた。お前が遊佐の故障に気がついても全然手加減しないで真正面から挑んできてくれたから、こいつは、嬉しかったんだ。だって遊佐は、本気のお前に絶対に勝つって決めていたから」

「なんで、そこまで」

「決まってるじゃん」

賢人の嬉しそうな声に、水嶋は首を傾げた。

「勝ち逃げするためだよ」

「はあ？」

「指が治っても、膝が治っても、今度コートに戻ったら、俺は、ダブルスに専念するつもりだ」

「エッ」

「マジですか？」

水嶋の息をのむような声と榊の大きな声が重なった。

「だから、最後の相手にお前を選んだ。お前は、きっと、いつかシングルスでてっぺんに立つはずだから。けど、お前はどこまで高みに上っても、すっきりしないだろ？　俺っていう、ずっと抜けないトゲを抱えていくんだから」

「そんな理由で？」

あきれたような声を出した水嶋に、「嘘に決まってるじゃん。ちょっと変わってるけど、遊佐さんなりのお前へのフォローだよ」と、榊はそうつぶやく。

甘いな、榊。

「水嶋を完膚なきまでに叩きのめして、俺は勝ち逃げしたかった。ただそれだけだ」

水嶋が賢人というトゲを抱えている限り、自分は、元の場所に戻るだけでなく、それに相応しい選手としてさらに高みを目指さなければならない。そうやって、賢人は自分のための道しるべを立てた。

「お前がもう勝つことができないことを、心底悔しいって思えることが、こいつのモチベーションになるらしい。いびつ過ぎて俺には理解できんけど」

横川はそう言って笑う。

「俺は、絶対にコートに戻る」

水嶋に向かって言ったけれど、自分に念押ししているようで、少し恥ずかしかった。

水嶋は、そんな賢人の恥じらいを無視するように、厳しい眼差しを賢人に向ける。

「遊佐さんがコートに戻ったら、俺は、チーム以外ではシングルスに専念します。だから、もうこんなやっかいごとに俺を巻き込まないで下さい。……けど、俺は」

「ん？」

水嶋は、右手で自分の心臓の辺りを、ぐっと摑《つか》んだ。

「ここにトゲが残るなら、そのトゲを抱えたまま、遊佐さんが見ようとしなかった景色を見るために上を目指し続けます」

見ようとしなかった？

賢人は急にめまいがして、心臓の鼓動がいやに大きくなったのを感じた。

水嶋の心に残したはずのトゲが、勢いよく跳ね返ってきて、自分の胸に深く突き刺さった気がした。

「そうか」と答えたけれど、声になったのかどうかはわからなかった。

「俺を最後の相手に選んだことを、絶対に後悔させない。そんな選手になります」

最後にそう言い残して、水嶋が榊と病室を出て行った。

横川は、複雑な笑みを浮かべたまま、何も言わず、しばらくぼんやりと景色を眺めるように窓辺に佇《たたず》んでいた。

「何？」

我慢できずに先に声をあげたのは、賢人だった。

「今のは堪《こた》えただろう、って思ってさ」

「そうでもない」

「嘘つけ」

「俺は、ダブルスで世界を狙うって決めてるから」

「だからって、シングルスをやめなきゃいけないって誰が決めたんだ？」

「もう休むから」

賢人は横川の視線を避けた。

「悔しくないのか、あいつに、見ようとしなかった景色、なんて言われて」

賢人は布団を頭からかぶった。

「とことんやれよ。格好なんか悪くたっていいんだよ。水嶋をもう一度たたきのめしても、あいつにたたきのめされても、別の何かが、はっきりとお前の目に映るまでやり抜けばいいんだよ」

「お前だって、あっさりダブルスに専念したくせに」

賢人は、布団の中から言い返した。

「俺のは戦略的撤退だけど、お前のはただの敵前逃亡だよ」

「俺は、あんな状況でもあいつに負けなかった。ちゃんと戦ったじゃないか。逃げ出したりしていない」

布団の中で、自分の声が、もやに覆われたようにくぐもる。

「何、モゴモゴ言ってんだか」

横川が嗤《わら》う。

「あの最後の1点だって、ただのミスショットだった。ヘボ過ぎて拾えなかっただけだ。あれでお前は満足か。逃げてんじゃないよ」

賢人は布団を足で蹴飛ばして叫ぶ。

「俺は、逃げてなんかない。これからも逃げない」

「そうか。なら、水嶋たちには悪かったな。ダブルスに専念するなんて、嘘ついて」

賢人は恨めしげに横川を睨み付けた。

今まで横川は、いやにあっさりと、賢人の言葉に納得したような顔をしていた。けれど、横川は、賢人がダブルスに専念することに全然納得していなかったんだ、と今ようやくわかった。

水嶋が、このタイミングで病室に来たのも、もしかしたらこいつの差し金かもしれない。この指がどうなるのか、何も結果が出ていない今だからこそ、賢人には決断する余地がある。

ボロボロになるまで戦うのか、自らに言い訳をして早々に逃げ出すのか。

見ることができないのか、見ようとしないのか。

横川が、賢人の目を正面から見据えた。

そして、賢人に一枚のメッセージカードを手渡した。そこには、ただ、こう書かれていた。

『勇往邁進』

海老原先生の筆跡だった。

賢人たちは、横浜湊で、その言葉にずっと育まれてきた。

勇気を持って怯《ひる》まず進め。勝つためじゃない。明日、胸を張って笑えるように。恥じることのない悔し涙を流せるように。

傍らに海老原先生が立っているように感じた。

我慢できず、賢人は声をあげて泣いた。それが恥じることのない悔し涙ではないことを、自分が一番よくわかっていた。

横川が、静かに病室を出て行った。

第七章　凪の生まれる場所へ

不甲斐なくて、情けなくて、だけど大きな声を上げたり涙を見せるのは絶対に嫌で、賢人はラケットをバッグの上に放り投げると、そのまま体育館の出入り口へ早足で歩いていった。

「遊佐」

横川の声と足音が背中から追いかけてきた。

「よせ。放っておけ」

遠田さんの声が、それを鎮めていた。

「けど」

「自分で乗り越えるしかないんだ。お前に遊佐の何を背負えるっていうんだ」

声が届いたのはそこまでだった。

扉の近くでは、ツインズが、言葉もなく、怯《おび》えた顔で揃って立《た》ち竦《すく》んでいた。

すまない。信頼に応えられなくて。

賢人は、心の中で仲間に謝った。

謝りながら、早足で歩き続ける。

あてなどない。どこにも行くところなどない。体育館を離れたら、行き場など他にあるはずもない。

怪我は初めてじゃない。

何度も、思い通りにならない体と向き合ってきた。そのたびに、あせりと恐怖を、努力と忍耐でねじ伏せてきた。

どれほどダメージが大きくても、今度も同じはずだ。あせらず、絶対に挫けず立ち直ると決心して、長いリハビリの時間も、比較的順調に過ごしてきた。

「人間の体っていうのは凄いもんですね」

担当の医師は、そう言った。

投薬の成果は、期待していたほどではなかった。けれど、結果として、賢人は手術も、指の切断も避けることができた。

温熱療法には一定の効果があった。けれどそれより何より、血の通わなくなった血管のかわりに、他の細い血管が何本も太くなることで、指を守ってくれた。

「もちろん、今までと同じというわけにはいきません。指の管理は、これから一生、細やかに続けていかなければなりません。けれど、ちゃんとケアを続ければ、コートに戻ることに問題はないでしょう」

待ちに待ったGOサインに心躍らせ、筋力トレーニングの質と量を上げ、十分に体を仕上げた状態で、やっとコートに戻ってきた。

体育館では、昨日までと同じ練習が、いくつものコートに分かれてそれぞれに行われていた。

その一つに、賢人はごく自然に入っていった。

ノック練習までは、とても順調だった。

ところが試合形式の練習に入ったとたん、足の動きが鈍くなった。

スマッシュをかるく打っただけで、あるはずのない痛みが指先から腕を通り、脳天に突き抜けた。インパクトのたびに、その痛みは大きくなり、賢人を内側から痛めつける。

慌てて、そっと左手で右手の指を握り締めても、指は温度を取り戻していて、腫れも痛みもない。

心のあせりが痛みを生んでいるのだと、痛みに逃げる自分の弱さを何度も叱った。

けれど、どうしようもなかった。痛みは増すばかりで、反比例するように、動きはどんどん鈍くなっていく。

ほとんど役に立たない、というより、むしろ邪魔な存在の賢人を、横川は、言葉ではなく自らのプレーで鼓舞し続けた。

横川は、賢人がいない間に、さらにたくましく成長していた。戻ってきた賢人の十分なサポートができるように、努力を重ねてくれていた。

結果も見せた。

組んだばかりの水嶋と全日本の予選を勝ちあがり本選に出場し、ベスト8に入ったのだから。

伸び盛りの水嶋を横川が巧みにリードする様は、見ている者すべてに横川の底力を見せつけた。

その横川を、同じコートに入った賢人は嫉妬した。

巧みなラケット捌き、リズムのいいステップ、パワー溢れるショットの数々。

全部、この間まで自分が持っていたもの、そして失ったもの。

だからといって、ずっと自分を支え続けてきてくれた、ただ自分のやるべきことをやっている横川に、嫉妬しその器の大きさを憎んでいいはずがない。

最低だ。賢人は自分で自分をそう思う。

けれど、内側から溢れ出してくる痛みも妬みも、止めることができなかった。

何も持たずに飛び出して来たせいで、汗が冷え体も冷たくなってくる。けれど、お金もスマホも持っていない。

これでは誰かを頼ることもできないし、適当な店に入ることもできない。

仕方なく、目に入った児童公園のベンチに腰を下ろす。宵闇がせまっていたせいか、公園に人気《ひとけ》はなく、それがかえって賢人にはありがたかった。

どれくらいそこにいたのかはわからない。

薄暗かった公園が、すぐそばの道路脇の小さな街灯のあかりだけでは、賢人でさえ一人きりでは少し物悲しくなるほどの暗さに変わった。

「見ぃつけた」

その時、暗闇からすっと抜け出てきたように、明るく澄んだ声が、賢人の背中から聞こえた。

いつだって、この人は、不思議なほど澄んでいる。

「里佳さん、どうして?」

賢人はその顔を見上げながら、尋ねる。

里佳さんは、握っていたスマートフォンをかざした。

「横川ですか?」

「送ってきたのは祐介だけど、送り主は遠田さん? 先輩だっけ?」

遊佐が家出中。俺たちは、今、練習を抜けるわけにはいきません。心当たりがあれば、先に見当つけてもらえませんか?

できれば、何か上着を調達してもらえればと思います。

遠田さんらしい文章だった。

にしても、よく見つけましたね、と賢人は里佳さんを見た。

「大学の敷地を出たら、右にストレスのあるあなたは、絶対に左に向かうと思った。何も持たずに出て行ったたって聞いたから、歩いて行ける範囲。感情的になっているなら、三十分から一時間程度は歩き続けるはず」

グーグルマップで、道沿いの公園や入りやすいショッピングセンターを検索したそうだ。

「ああ、ショッピングセンターって手もありましたね」

「とりあえず、暖かいしね」

「バカですね、俺」

里佳さんは、手に持っていた、おそらく水嶋のベンチコートを賢人の肩からそっとかけると、賢人の隣に静かに座る。ほのかな人の温もりと里佳さんのつけている香水なのか、名も知らぬ花の香りが心を落ち着かせてくれる。

「どうせ、いつもの妄想タイムに入ってたんでしょう？」

妄想ならよかったけど。

「けど、ちゃんと、右手はポケットに入れて温めていた。そこだけは褒めておくかな」

里佳さんは、優しく笑っているけれど、今、自分の胸を開いて見せたら、と賢人は身震いする。

本人も驚くほど醜い嫉妬心がドロドロに固まっている様は、さぞかしおぞましいだろう。

「恥ずかしいです。こんなざまで」

「確かに。でも、そう悲観することもないよ」

「エッ？」

「憂い顔がまた素敵よ」

冗談だとわかっているけれど、里佳さんの笑顔が添えられていると、それでも嬉しいから、どうしようもない。

「で、どこに行く？　まさかここで一晩明かせないよね」

「頭も冷え切ったし、寮に帰ります。お金、貸してもらってもいいですか？」

さすがに歩いて帰る元気はなかった。

「車だから、送るよ」

賢人は素直に頭を下げた。

二人で、すぐ近くのショッピングセンターの駐車場まで歩く。途中の自販機で、里佳さんが温かい缶コーヒーを買ってくれた。賢人はそれを飲まず、両手で握り締め指を温めた。

「うちに来る？」

「水嶋の顔は、今は」

「祐介の顔は見られるの？」

返事ができなかった。

里佳さんが、車の後部座席の扉を開けてくれる。

乗り込もうとしたら、「こっちを向いて腰掛けてみて」と言われ、開け放たれたドアに向かって座った。

「右手、出して」

賢人は、恐る恐る、そっと右手を差し出した。その手を、里佳さんがそばにしゃがみ込み、自分の左手でそっと支えてくれた。

　そして、右手で、賢人の肩先から、肘、手首と、順番にそっと握っていった。

　首を捻りながら、それでもされるがまま、賢人は里佳さんに自分の右腕を委ねていた。

　そっと握られた手首に、ジンと鈍い痛みが走った。声は出さなかったけれど、賢人のしかめっ面に、里佳さんはやっぱりねと呟いた。

「遊佐は、手首を痛めているの。痛みは幻じゃない。心が折れているわけでもない」

「そんなはず」

　痛みは、確かに指にあった。

　けれど、最後に、里佳さんが握ってくれた指先には、何の痛みもなかった。

「あなたは、自分に騙されてるの」

「どういうことですか？」

「人の脳は、整合性さえあれば、都合のいい解釈をするから」

「都合がいい？」

　指の痛みが？　心の弱さが？

「新しい痛みを認めるよりはね」

　そういうことか。

「けど、その手首の痛み、祐介はもしかしたらって気がついていたよ。昨日の筋力トレーニングで痛めたんじゃないかって」

　無意識に、賢人は、ああと、頷いていたようだ。

「心当たりがあるのね」

「明日からコートに出られると思うと、テンションが高くなって、ちょっと無理をしたんです」

里佳さんは微笑む。こんなふうに慈愛に満ちた笑みを向けられるのは初めてかもしれない。

賢人は、手首を庇いながら、里佳さんの指示どおり後部座席に乗り込む。

里佳さんはドアを閉めてから、運転席に座る。

「帰りやすくなった？」

「はい」

「じゃあ、何か食べたらその後で、寮に送るね」

「すみません」

ミラー越しに、賢人は頭を下げる。

里佳さんは、先にドラッグストアに車を止め、湿布薬とサポーターを仕入れてきてくれた。

「とりあえずだけど。後で、お店に入ったら手当てしてあげるよ」

「はい」

とは言ったものの、これ以上面倒をかけるのが嫌で、賢人は後部座席で、自分で手首に簡単な手当てを施した。

その後で、二人で、目についたファミレスに入った。

こんな格好じゃなきゃ、もう少しデートっぽくって良かったのにな、と賢人は思った。

サポーターで固定した右手ではなく左手で、賢人は器用にドリアを食べた。

「さっきも器用に手当てしてたけど、左手も使えるの？」

「小さい頃、左利きのほうがプレーヤーとして有利かと思って、ちょっと訓練したことがあるんです」

結局、そう簡単にものになるはずもなく、ちょっとした器用な人間になれただけだったが。

食事がすっかり終わると、里佳さんは、賢人のために温かい紅茶をドリンクバーから持ってきてくれた。

「私、医学部に進んだときも、ふつうの医者になるつもりはなかった。目の前の命を救うより、研究者として将来のたくさんの命を救うために邁進する方が、自分には向いていると思ったから」

「里佳さんっぽいですね」

里佳さんは、そう言った賢人の目をじっと見つめた後で、小さな声でこう言った。

「けど、遊佐がその指に問題を抱えた時、指を元通りに戻すためなら何でも捨てるし別の何にでもなれるって思った。結局、そんな想い、何の役にも立たなかったけど」

意外な言葉に、賢人は相槌《あいづち》さえ打てなくなる。

「人って、勝手な言い訳作って、簡単に自分の想いを曲げちゃうよね。今度の遊佐のことで、私は、自分の弱さを再確認した」

なんとなく理解できた。里佳さんは、自分の話をしているけれど、実は賢人のことを話しているのだと。

「格好悪いですね、俺」

だから、そう答えた。

里佳さんは、まっすぐに賢人を見つめた。

「遊佐と初めて湊の自習室で会った時から、私はずっと遊佐のことを、誰より身近に大切に想っている。あんなふうにまっすぐに私を見てくれる人に初めて出会ったから。あの頃から、遊佐は何も変わっていない」

ドクン、心臓が大きな音をたてた。

想いが報われるかもしれないという期待からではない。

里佳さんが、今、このタイミングでこんなことを口にするのには、きっと別の意味の、とても大切なことがあるはずだ、と思ったからだ。

「だけど、海老原先生に釘を刺されていた。遊佐には想像できないほど長く険しい道が続いているから、簡単に休憩できる場所をつくっちゃダメだって」

賢人は小さなため息をつく。意外なところに伏兵がいたなと。

「あんな哲学者然として、人の恋路を邪魔するなんて」

「本当よね」

「水嶋と櫻井のことは、結構応援してたのに」

「亮は、遊佐と違って、あれもこれもって欲張らないからかな。それに、背負ってる荷物の重さが、当時は全然違ってたから。……それとも、他の子には一切モテないから、可哀《かわい》想《そう》に思ったのかもね」

里佳さんは、小さな声をたてて笑う。水嶋への愛情をまとわせながら。

「俺は、何かを得るために何かを諦めるなんて、性に合わないんです」

「先生は、もしかしたら、遊佐のためっていうより、私のためにそうアドバイスしてくれたのかも。何かに熱中したら他のものが見えなくなる、極端な私を心配して」

「うーん、どうかな」

やっぱり、メンタルに甘えの多い自分を心配したのだと、賢人は思う。

「結局、少し距離を置いてきたおかげで、遊佐が私を想って頑張ってくれているその何倍も、私は遊佐の戦う姿に励まされ、今まで挫けず自分の道を歩いてこられたと思ってる」

里佳さんは、さっきよりさらに優しい笑みを浮かべた。

胸が締め付けられた。

「でも、って言うんでしょう？」

衝撃を少なくするために、先回りする。

今度の賢人の不甲斐なさに、その距離がいちだんと開き、愛想をつかされたとしても賢人は頷くしかない。

里佳さんは同じ笑みを浮かべたまま、首を横に振った。

「だから、よ。だから私は決めたの。今度は、自分が戦おうって。あなたが何を諦めても、私は諦めない。自分の夢も、賢人、あなたも」


その後のことはよく憶えていない。

気がついたら夢見心地で、寮の部屋に続く階段の前に立っていた。

ぼんやりと佇む賢人の背中に声がかかった。遠田さんだった。

「やっと、ご帰還か」

「すみませんでした」

小さく頭を下げる。

「それだけ？　俺は心配で食事も喉をとおらなかったのに」

「焼肉の匂い、プンプンしてますけど」

「そっか？」

わざとらしい笑みを浮かべた後で、それで、というように遠田さんは賢人を見つめる。

「手首の痛みに気付かなくて、指がまたダメになったって思い込んで」

「似たような経験、俺にもあるな」

眉間にしわを寄せて、遠田さんはこんな話をしてくれた。

白熱した試合の最中、対戦相手がアキレス腱を切って、救急車で運ばれたそうだ。その時、遠田さんもふくらはぎにちょっとした故障を抱えていた。ただそれだけだった。なのに、その直後から、脚の痛みが半端じゃなくなって、怖くて動けなくなったらしい。

「結局、俺まで、次を棄権した」

嘘だとは思わなかった。でも信じられなかった。遠田さんのメンタルのタフさは並じゃない。

「その少し前に、兄貴も右膝の靭帯《じんたい》やられて、結局、競技者としてのバドミントンは諦めた。俺と違って、中学の頃から注目されていた選手だったのに」

「どうやって乗り越えたんですか？」

遠田さんは、首を横に振った。

「今でも怖い。どれほど強くなっても、予防に手をつくしても、怪我の恐怖からは逃れられない。怪我がもたらす空白の時間はもっと怖い。だけど、どんなに怖くても俺はコートに立つしかないんだ。俺はバドが好きだから。バドを諦めたくないんだ」

早くから実業団への進路も決まっていて、そちらでの練習が主になっている卒業間近の遠田さんが、寮にいる必要はない。

それでも時間の許す限りここにいてくれるのは、おそらく、次のチームを引っ張っていくはずの賢人のためだ。

チームのテンションを保ちながら、言葉以上に、自らのプレーで賢人のリハビリをサポートしてくれていた。

「まあ、お前が諦めてくれたら、一番やっかいな障害物がなくなって、すっきりするけどね」

意地悪なだけじゃないって、ちゃんとわかってます。

先に階段を上っていくそのでっかい背中に、賢人は深く長く頭を下げた。

自分たちの部屋の前で、少し躊躇した後、賢人は、思い切ってドアを開けた。

横川は、ベッドに寝転んで運動生理学の本を読んでいた。

「謝んないよ」と言いながら、賢人はゴメンという視線を横川に向ける。

「いいけど、礼ぐらい言えよ」

横川は、賢人のラケットバッグを指差した。

練習場と寮は、同じ建物の一階と二階。外階段を上るだけだ。

それでも、二人分の荷物を背中に背負って、「ったく」とかなんとか言いながら、階段を上っている横川の姿が目に浮かび、ここは黙って頭を下げた。

「ありがとう。悪かった」

「謝んないんじゃなかったっけ?」

「今のは、心配かけた遠田さんに」

賢人は、右手をポケットに入れたままそっぽを向く。

「はあ？　遠田さん、寮の食事食った後で、足りないってガッツリ肉食いに行ってたし」

「じゃあ、太一と陽次に」

「里佳さんからＬＩＮＥが来たから、あいつらも安心して帰った」

入寮は強制ではない。ツインズは、一時間かけて、寮には入らず自宅から通っている。海辺育ちの彼らには、潮の香りが必要らしい。

とはいえ、朝練の前日には、タメの誰かの部屋に転がり込んでいる姿はよく見かけるけれど。

横川は自分のスマホの画面を賢人の目の前に突き出す。そこにはたった二文字の漢字があった。

捕獲

「俺、害獣かよ」

「特技があって良かったな。バドのおかげで王様ペット扱いだよ」

「もうバドだって、上手くもないけどね」

横川が、勘弁してくれっ、という顔で賢人を見る。

「それ、ただの軽い捻挫だろう。すぐに治る」

「怪我はね。けど、克服できないものが、俺のここにいっぱいある」

自分の胸を指差す賢人に、横川は、大きなため息をつく。

「いっぱい？　ちょっとしたことに妄想脹らませて、勝手にでかくしただけだろ？　それに、それって克服しなきゃだめなことなの？」

「たぶん」

「どうせ、俺にムカついたとか、嫉妬したとか、そういうことだろう？」

なんでもお見通しか。

横川は、本を閉じて枕元に置くと、ベッドの上であぐらをかいて座った。

「俺は、お前を追い抜こうなんて考えたこと一度もない。けど、それは、お前が仰ぎ見るような天才だからじゃない。俺は、いつも昨日の自分より強くなりたいって、それだけ考えてる。お前に出会うずっと前から」

「ああ」

「だけど、お前を妬んだことは何度もあるよ。お前の育ってきた環境も、すくすく育った体も、みんなを惹きつけるカリスマ性も」

「嘘つけ」

横川が、そんな素振りを見せたことは一度もなかった。

「感情を露骨に見せないように取り繕うことぐらい簡単だ。早くに大人にならないと生きにくい環境で育ってるからね」

そこを曝《さら》されると、賢人には返す言葉がない。

「……それに、そういうのって持ってて当たり前の感情だろ？」

賢人は、とりあえず頷いておく。

「妬みも怒りもなく戦えるか？　這い上がっていこうと思えるか？　そんな奴いないよ」

横川は、また読みかけの本を手にして寝転ぶ。

「一人だけ、いるけどね」

賢人の言葉に、横川がまた本を閉じ苦笑いを浮かべる。

「水嶋か」

あいつには、嫉妬心のかけらもない。

天性の才能に恵まれ、怪我も挫折もなく、周囲に愛され、水嶋には純粋培養されたバドへの愛情だけが育まれている。それがこの先、弱点になるのか、何よりの武器になるのか、大勢の目が見守っている。

「まあ、何にでも例外はある」

頷きながら、とりあえず手首の手当てをちゃんとするか、と思ったところで、急に賢人は、「あっ」と大声をあげた。その声が大きすぎたのか、横川が跳ね起きる。

「何だよ？　痛むのか？」

「里佳さん、俺のこと、賢人って呼んだ」

自分の夢も、賢人のことも諦めないと、確かに、里佳さんはそう言った。今になって、そのことが二人の関係においてとても大きな変化だと気づく。

「どうでもいいし」

だけど、横川はつれない。

「里佳さん、俺のこと、初めて賢人って呼んでくれたんだぞ」

「そうか、良かったな」

どれほど長い間、賢人が里佳さんを想っていたかを知っているくせに、横川のテンションは低すぎる。

「もしかして、やきもち？　俺にだけ彼女ができそうで」

「はあ？　俺、彼女いるじゃん」

賢人は、仰け反る。

その驚きように、横川がもっと驚く。

「まさか、気付いてなかったとか？」

賢人は頷く。

「気付けよ。一緒にミックスダブルスも組んでるじゃん」

「ええっ。っていうことは、バド部の三上《みかみ》さん？」

三上梓《あずさ》、ショートカットの目のクリッとした、とても可愛い子だ。バドもかなり上手い。賢人たちの一年下で、女子部の次期エース的存在だ。

昨秋、賢人が入院した頃から二人はミックスダブルスを組んでいて、東京都の学生ミックスダブルス選手権に出場し、いきなり優勝した。

北海道時代の幼馴染みだとは聞いていたけど。

「そうだけど」

「マジか」

「たぶん、部の全員が知ってると思うけど」

「いつから、そういうことに？」

横川と三上梓のツーショットを何度も目にしていた。一緒に三人で食事をしたこともある。仲がいいとは思っていた。だけど、付き合っているとは思わなかった。

幼馴染みなら、こんなものかと思っていた。

「ちゃんと付き合い始めたのは、梓が青翔に来てからだけど」

「だけど？」

「梓とは、小さい頃からずっと一緒にバドをやってたから」

賢人が思っていたより、ずっと、二人の絆は古いだけでなく深いらしい。

「家の都合で夜逃げ同然に引っ越すことになった時、梓は俺に、元気でとか、さよならなんて言わなかった」

「ふうん」

じゃあ、なんて？　賢人の視線に横川が照れたように笑う。

「バドをやめるな。今よりずっと強くなれって、それだけ言ってくれた」

「強くなれ、か」

「そうしたら、親の都合や大人の事情なんて関係なく、自分の意思で、自分の好きな場所で大好きなバドができるようになる。きっとまた、一緒にシャトルを打てるからって」

賢人は頷いた。横川の家庭の事情を思えば、その言葉の重みが、とてもよくわかった。

「沖縄のインハイの会場で、三年ぶりに梓に会った」

そういえば、沖縄のメイン会場で、いつも冷静な横川が、弾むような足取りで北海道代表のチームに駆け寄った姿を、賢人も見ていた。故郷の仲間に久しぶりに会えてあいつも嬉しいんだな、と微笑ましく見守っていたけれど、あの中に三上さんもいたわけだ。

いや、三上さんがいたから、横川の背中はあんなに嬉しそうだったのか。

「梓も、自分の場所でちゃんと頑張ってるんだって、すごく嬉しかった」

お互いに試合前で、簡単な挨拶しか交わせなかったけれど、なんとかＬＩＮＥだけは交換して、それからはちょこちょこ連絡が取り合えるようになったらしい。

二人は、それぞれの強い想いで、夢を追いかけながら、夢を叶える力をつけてきた。強くなったんだ。もう一度、同じコートでシャトルを追えるほどに。

結果、二人の距離はぐんと近づいた、ということか。

「で、三上さんは、お前の後を追ってうちへ来たわけだ」

すべての原動力は愛だ。愛からすべてが始まる。俺もそうだ。愛って素晴らしいな、と賢人は大きく頷いた。

けれど、横川は、あっさり愛を否定する。

「俺を追ってきたわけじゃない。そんな奴は、どこかの誰かさんしかいないよ」

「はい？」

「でも、梓が青翔を選んだのは、すごくいい選択だと思った。梓の自由奔放なバドを活かしながら、もっと強くなるにはぴったりな手本がいるわけだから」

「なるほど。けど遠田さんはもう卒業しちゃうから、後はお前が受け持つわけだ」

「はあ？　端からお前が手本に決まってるだろ」

賢人は肩をすくめる。横川は、ふっと笑って、こう言った。

「まあ、お前も頑張れ。名前を呼んでもらえただけでそんなに嬉しいなんて、かえってうらやましいよ」

横川は三上さんと相当うまくいっているのか、あきらかに上から目線だ。

「とにかく、明日医者に行って手首の治療したら、しばらくまた基礎トレだな」

「ああ」

「春のリーグ戦に間に合うよう頑張ろう。せめてダブルスだけでも」

最後まで心配をかけた遠田さんがいなくなるチームに、絶対必要なものがある。

「大丈夫。シングルスも間に合わせる」

もう一度、シングルスのコートにも、絶対、立ってみせる。てっぺんに立てなくても、きっとチームを救う一勝にはなれる。

「その後は」

横川は、今は見ることができない、ずっと遠くに視線を向け、賢人も同じ方向に想いを馳《は》せた。

二人で、世界の舞台でシャトルを追う。


新しい春が来た。

遠田さん、中西さん、他三名の先輩をいっぱいの笑顔で送り出し、新しくレギュラーに入った四年の山崎さんを部長に戴き、青翔大、春のリーグ戦の戦いが今日から始まる。

初っ端から、優勝候補筆頭の早教大との対戦になった。

賢人は、自ら志願して第一シングルスのコートに入った。

八ヶ月ぶりに立つ、公式戦、シングルスのコート。しかも、相手コートには、今や早教大、不動のエースに成長した、水嶋亮。

久しぶりに見るその姿は、一段と凛々《りり》しい。

賢人は、それでも、不思議なほど落ち着いていた。

長いリハビリを経て、やっと立つことができたこのコート。

確かに、勝負の行方はもちろん、このゲームを楽しめるレベルに、自分が這い上がってこられたのかどうかさえわからない。

それでも、今までコートに立つことも許されず、ベンチに入ることも控え、応援席からチームメイトやライバルたちを見つめてきた時間に比べれば、この不安は、なんて心地のいい不安だろう。

賢人は足元から駆け上がってくる名前のわからない震えを、大きな深呼吸で呑み込んだ。

それからゆっくり天井を見上げ、応援席を見回し、チームのベンチに目を向ける。

喜多嶋監督がどっしりと存在感を見せてくれているだけで、安心感が広がる。

監督は、第一シングルスに立候補した賢人の肩をポンと一度たたいた後で、こう言った。

「先陣はお前にまかせよう。その代わり、お前のわがままに付き合ってきた俺とチームに証明してくれよ、お前のバドへの気持ちが誰よりも強いことを」

横川が、基礎打ちの後、右手の親指をたてて口角を上げる。

賢人はかすかに頷く。

わかっている。このコートで俺が見せるのは、どこまで回復してきたとか、まだまだやれる、とかそういうことじゃない。ゆるぎない、固い決意、それだけだ。

ずいぶん後戻りをしたけれど、コートに立てば、ラブオールプレー、ゲームはいつだって、マイナスではなくゼロから始まる。

それなら、自分がやることは一つ。目の前の1点のために足を動かすだけ。

自分の場所へ、自分の打点へ。

最高のタイミングでシャトルをつかめば、風が生まれる。それは自らを高みに押し上げる風。

楽しいだけじゃない。

辛いことのほうが多い。

目の前には、今まで一番厳しい壁が立ちふさがっている。

だけど、絶対に、もう一度あの場所へ還る。風の生まれる、あの場所へ。

お前とともに夢の場所にたどり着くためにも、俺はここで証明する。

何度でも風を生み出せることを。ただ好きで、バドを好きなだけで誰よりも険しい道を歩いてきたことが、間違っていなかったことを。

「集中」

賢人の決意の背に横川の頼もしい声がかかった瞬間、賢人はすべての重荷を脱ぎ捨てコートの熱気に飛び込んで行った。

本書は二〇一二年三月にポプラ文庫ピュアフルより刊行された作品に加筆・修正を加えた新装版です。

本書の刊行にあたり横浜高等学校バドミントン部の皆さんに取材にご協力いただきました。

バドミントン部監督の海老名優先生、選手の皆さんに心から感謝申し上げます。

新装版《しんそうばん》　ラブオールプレー
風《かぜ》の生《う》まれる場所《ばしょ》
小瀬木麻美《こせきあさみ》

2021年10月5日初版発行
2022年2月25日第2刷

発行者……………千葉 均
発行所……………株式会社ポプラ社
〒102-8519 東京都千代田区麹町4-2-6

フォーマットデザイン　荻窪裕司(design clopper)
組版・校閲　株式会社鷗来堂
印刷・製本　中央精版印刷株式会社

落丁・乱丁本はお取り替えいたします。

電話(0120-666-553)または、ホームページ(www.poplar.co.jp)のお問い合わせ一覧よりご連絡ください。
※電話の受付時間は、月～金曜日、10時～17時です(祝日・休日は除く)。

ポプラ文庫ピュアフル

ホームページ　www.poplar.co.jp

N.D.C.913/280p/15cm
ISBN978-4-591-17148-6
P8111319

きらめく青春ハンドボール小説!!

小瀬木麻美
『あざみ野高校女子送球部！』

装画：田中寛崇

中学時代の苦い経験から、もう二度とチーム競技はやらないと心に誓っていた凜。しかし高校入学後、つい本気で臨んだ新体力テストで遠投の学年記録を叩き出してしまい、凜はハンドボール部顧問の成瀬から熱い勧誘を受けて……。ハンドボールの面白さを青春のきらめきとともに描き出すさわやかな青春小説。

華麗な謎解きが心地よい、
香りにまつわる物語。

小瀬木麻美
『調香師レオナール・ヴェイユの香彩ノート』

装画：yoco

天才調香師レオナール・ヴェイユは、若くして世界的大ヒットとなる香水を開発した一流調香師。香りに色が見えるという共感覚を持ち、誰にも作れない斬新な香水を生み出してきたレオナール。世界的なヒットを飛ばしたあと、依頼者だけのための香りを生み出すプライベート調香師となった謎多き彼に、主人公・月見里瑞希は依頼状を出すことに――。

天才調香師レオナール、依頼主のために京都へ。

小瀬木麻美

『調香師レオナール・ヴェイユの優雅な日常』

装画：yoco

天才調香師レオナール・ヴェイユは、若くして世界的大ヒットとなる香水を開発した一流調香師。独特の感覚を持ち、誰にも作れない斬新な香水を生み出してきた。世界的なヒットを飛ばしたあと、依頼者のためだけの香りを生み出すプライベート調香師となった謎多き彼になぜか気に入られた月見里瑞希はレオナールのアシスタントのような存在となり……。

アルバイト先は妖怪の古道具屋さん!?
取り扱うのは不思議なモノばかり――。

峰守ひろかず
『金沢古妖具屋くらがり堂』

装画：烏羽雨

金沢に転校してきた高校一年生の葛城汀一。街を散策しているときに古道具屋の店先にあった壺を壊してしまい、そこでアルバイトをすることに。……実はこの店は、妖怪たちの道具〝妖具〟を扱う店だった！　主をはじめ、そこで働くクラスメートの時雨も妖怪で、人間たちにまじって暮らしているという。様々な妖怪や妖具と接するうちに、最初は汀一を邪険に扱っていた時雨とも次第に打ち解けていくが……。お人好し転校生×クールな美形妖怪コンビが古都を舞台に大活躍！

神社の狐像が消えた!?　代わりに現れたのは
もふもふ尻尾にケモミミの巫女!?

江本マシメサ
『見習い神主と狐神使のあやかし交渉譚』

装画：Laruha

七ツ星稲荷神社で見習い神主として家業を手伝う水主村勉――通称トムはどこにでもいる普通の高校生。だが「わし、狐だったんや」という言葉を遺して亡くなった祖父のせいで、トムの平和な日常は脅かされる。ある晩、トムがあやかしと呼ばれる不可解な存在に襲われかけたとき、不思議な雰囲気の少女に出会う。彼女は神社入口にあるペアの狐像の片割れだと言ってきて――？　謎の事件に、見習い神主とケモミミ神使が挑む！

もふもふ仲間と、王妃のために奮闘！

中華風後宮ファンタジー

江本マシメサ

『七十二候ノ国の後宮薬膳医 見習い陶仙女ですが、もふもふ達とお妃様の問題を解決します』

装画：きのこ姫

見習い仙女は百年間、人間界で人を幸せにしながら徳を積むと一人前になれる。桃香は陶器の声を聞く修行中の陶仙女で、七十二候ノ国にて満腹食堂を営んでいた。だが、火事で店が焼失。常連で後宮の御用聞きでもある陽伊鞘に助けられるが、料理の腕を見込まれ後宮付きの薬膳医になる羽目に。さらに後宮に入るためには伊鞘と契約結婚する必要があって……？　もふもふの仲間たちと王妃たちの病を治すために奮闘する、中華風後宮小説。